SEGUNDA OPORTUNIDAD AL PRIMER AMOR

PRECUELA

SERIE CHICOS DE LA TORMENTA

N.R. WALKER

CRÉDITOS

Portada: NR Walker
Editor: Ediciones Boho
Editorial: Blue Heart Press
Traductor: Francisco David
Segunda Oportunidad al Primer Amor © 2023 NR Walker
Serie Chicos de la Tormenta © 2023 NR Walker

TODOS LOS DERECHOS RESERVADOS:

ADVERTENCIA:

MARCAS REGISTRADAS:

SINOPSIS

Paul Morgan ha estado administrando su negocio de viajes de campamento de lujo en el Parque Nacional Kakadu durante los últimos cinco años. Tomando pequeños grupos de glamping, senderismo, escalada y natación. Han sido cinco años ocupados, cinco años difíciles, mientras intentaba olvidar al hombre que dejó atrás.

Derek Grimes aleja a la gente, un reflejo de autoconservación. Porque no pueden romperle el corazón si él rompe el de ellos primero, ¿verdad? Cinco años después, perdido y solo, busca al único amor de su vida. Tal vez ver cómo Paul siguió adelante lo ayudará a seguir adelante también...

Paul no puede creer cuando aparece un nombre familiar en su lista de clientes, y Derek no puede creer lo bien que se ve Paul, o lo feliz que lo ha hecho vivir el trabajo de sus sueños. La chispa entre ellos nunca se desvaneció, pero cinco años después, han aprendido algunas cosas sobre sí mismos y lo que quieren.

Podrían tener todo lo que alguna vez soñaron, si están preparados para confiar el uno en el otro. Porque una segunda oportunidad al primer amor llega solo una vez en la vida.

SEGUNDA OPORTUNIDAD AL PRIMER AMOR

N. R. WALKER

SERIE CHICOS DE LA
TORMENTA PRECUELA

CAPÍTULO UNO

PAUL

APRETÉ la empuñadura del trinquete en la parte trasera de mi Cruiser y regresé por los bidones de agua. Había hecho muchos recorridos de cinco días, llevando grupos de turistas de todos los ámbitos de la vida a la naturaleza del Parque Nacional Kakadu. Era mi trabajo, mi negocio, y me encantaba.

Pero hoy estaba nervioso.

Había leído el manifiesto, comprobando dos veces que todos los seguros y permisos estaban en orden. Iba a llevar a cuatro pasajeros. Dos mujeres de Noruega, ambas veinteañeras, de mochileras por Australia. Una mujer australiana de unos cincuenta años, una ávida senderista, tachando a Kakadu de su larga lista de conquistas.

Y Derek Grimes.

Treinta y tres años, de Darwin, astrónomo aficionado.

Mi exnovio.

Solo podía haber un Derek Grimes, de Darwin y con treinta y tres años al que le gustara la astronomía, ¿no?

Tenía que ser él.

Tenía que serlo.

¿Sabía que yo estaba dirigiendo este recorrido específicamente? ¿Que estaría atrapado conmigo durante cinco días en los matorrales remotos del Top End tropical?

Bueno, estaba a punto de averiguarlo.

Las instrucciones decían que debían estar en el punto de encuentro en Darwin a las siete de la mañana. Desde allí, conduciríamos hasta el parque nacional y haríamos un poco de turismo por el camino. También pararía para poder abastecerme y conseguir suministros esenciales en Darwin antes de irnos. Y también sería la última parada de la civilización antes de aventurarnos en los vastos parques. Si querían una Coca-Cola o cualquier tipo de comida rápida, era ahora o nunca.

Pasaríamos todo el primer día viajando, deteniéndonos para ver el sitio de pinturas rupestres en la roca de Mitsuaki Tanabe, luego haríamos la parada en el río Mary para ver los cocodrilos y almorzar. A partir de ahí, los llevaría a mi campamento. Era a una buena hora fuera de la carretera principal, en un camino de tierra que era en su mayoría inaccesible cuando el clima se volvía una mierda. Sería un primer día repleto de actividad turística, con muchas caminatas. Todos siempre estaban contentos de llegar al campamento a tiempo para la cena y una increíble puesta de sol que solo Kakadu podía ofrecer.

Agosto era la estación seca, que era la temporada alta de turismo. Eso no significaba que nunca lloviera; solo significaba que no había tormentas monzónicas tropicales todas las tardes.

Y se suponía que los próximos cinco días disfrutaríamos de buen tiempo. Un poco de lluvia, no siendo todo calor y humedad, pero todavía sería cálido para algunos. Después de todo, era el Top End. La mayoría de los turistas subestimaban el calor y la humedad que había aquí, y lo que ese tipo de temperaturas le hacía al cuerpo humano.

Algunos días eran tan malos que estar encerrado en un sauna sería un respiro.

Pero me encantaba.

Me encantaba el calor y la humedad y la inmensidad de la naturaleza más hermosa de la Tierra. Ni siquiera me importaban los mosquitos, el búfalo de agua salvaje, los cocodrilos y otras criaturas. Pero, sobre todo, me encantaba la falta de gente.

Incluso las multitudes limitadas del Centro de visitantes de Jabiru en la temporada alta de turismo eran suficientes para mí. Puedes quedarte con tus ciudades y carreras de ratas. Dame un espacio abierto en cualquier momento del día.

Dame cualquier lugar donde no haya posibilidad de encontrarme con exnovios que me recordaran lo mucho que la jodí...

Aparecieron los dos primeros miembros de mi grupo de clientes. Marit y Kari, mochileras de Noruega. Ambas tenían el pelo largo y rubio recogido en la espalda, piel bronceada, ojos azules muy abiertos y sonrisas emocionadas. Llevaban en Australia cinco semanas y disfrutaban cada minuto. Llevaban pantalones cortos y camisetas sin mangas, y me gustó que usaran zapatos cómodos para caminar. Dado que habían estado de mochileras durante cinco semanas, estaban bien acostumbradas al Outback y al Top End, y eso me alegró.

La siguiente en llegar fue Norah. Con una H, como ella

se apresuró a recordarme. Tenía cincuenta y seis años, era de Sídney y había hecho rutas de senderismo por todo el mundo. Venía preparada, o eso dijo. Su mochila era cara, pero parecía muy usada. Llevaba ropa adecuada para caminar y botas, lo que me hizo feliz (había visto a algunas personas mal preparadas y de carácter estúpido usando ropa aún más estúpida aquí), pero ya se estaba limpiando el sudor de la frente y no eran ni las siete de la mañana. Y era agosto, uno de los meses más templados.

Tendría que vigilarla y asegurarme de que se mantuviera hidratada, seguro.

—Norah, estas son Marit y Kari —dije haciendo las presentaciones. Pasarían los próximos cinco días juntos en medio de la nada, y me alegraba que todos parecieran lo suficientemente agradables. Toqué mi portapapeles—. Solo estamos esperando un miembro más.

Al que tanto temía y estaba tan emocionado de ver.

Quien me hacía un nudo en el estómago...

—Oh, aquí viene alguien —dijo Marit asintiendo por encima de mi hombro.

Me di la vuelta para verlo caminar hacia nosotros. Llevaba una bolsa de lona en una mano y un estuche de telescopio en la otra. Era él, de acuerdo. Dios, se veía bien. Todavía tan guapo como siempre. Su cabello oscuro era más largo de lo que solía ser, despeinado en la parte superior y todavía estaba húmedo. ¿Recién duchado tal vez? La camiseta sin mangas mostraba sus anchos hombros y bíceps definidos y un nuevo tatuaje. Su mandíbula cincelada y sus ojos oscuros...

Centrados en mí.

Justo antes de alcanzarnos, se detuvo en seco. Su bolsa

de lona aterrizó a sus pies, con los dedos apretados en el asa de la caja de su telescopio. Su mandíbula se contrajo. Por un segundo, pensé que podría haberse tragado la lengua.

—¿Tú? —respiró.

—Es bueno verte de nuevo, Derek.

Suspiró, mirando hacia el centro de visitantes, probablemente preguntándose si era demasiado tarde para cancelar.

—Oh. ¿Os conocéis? —preguntó Marit, con los ojos muy abiertos.

Le di una brillante sonrisa.

—Te diría que sí. Aunque han pasado años, ¿verdad, Derek?

Derek murmuró algo que no entendí del todo. Probablemente fue así.

—Deja tu mochila en la parte trasera —le dije—. Si todavía vienes con nosotros.

Me miró mal por un largo segundo, y me pregunté si estaba a punto de abandonar el viaje. El tic en su mandíbula siempre lo delataba. Pero resopló cuando pasó junto a mí, y tuve que reprimir una sonrisa. Hice presentaciones muy rápidas y, mientras ellos conversaban, fui a la parte trasera del Cruiser para apilar sus mochilas y maletas. Descansando mis manos en la puerta trasera, me detuve para recuperar el aliento.

Derek.

El único hombre al que había amado.

Todavía tan hermoso como siempre había sido.

Estos iban a ser cinco días muy interesantes.

Céntrate, Paul. Se profesional. Lo que pasó entre nosotros fue hace mucho tiempo.

Yo podría hacer esto.

Muy fácil.

¿Seguro?

Dios, ¿por qué tenía que verse tan bien? ¿Por qué tenía que oler a recién duchado y tener el cabello húmedo que le llegaba a los ojos?

¿Y por qué todavía tenía que mirarme como si quisiera matarme?

Cinco días, Paul.

¿Qué tan malo podría ser?

CAPÍTULO DOS

DEREK

PENSÉ QUE ESTABA PREPARADO.

Pensé que estaba preparado para verlo. Sabía que estaba aquí dirigiendo estos viajes. Había preguntado. Había revisado sus redes sociales. Había hecho su sueño realidad, haciendo lo que siempre había querido hacer. Siempre supe que lo conseguiría. Estaba motivado y era decidido.

Y hermoso.

Y egoísta.

La vida al aire libre parecía hacerle bien. Más robusto ahora, bronceado y con músculos que provenían del trabajo duro. Su cabello castaño claro estaba corto, su pecho ancho en su camisa caqui del uniforme, sus muslos y pantorrillas fuertes, hasta sus botas de trabajo.

No estaba preparado para lo bien que se veía.

No estaba preparado para la punzada y la puñalada de anhelo y arrepentimiento.

Y la ira.

No estaba para nada preparado para eso.

Pero ahí estaba él, sexi como el infierno con una sonrisa que había extrañado más de lo que me había dado cuenta.

Solía sonreírme así.

Todavía estaba un poco aturdido cuando todos nos acomodamos en su Cruiser. Del tipo que transporta a los viajeros, equipado como un camión del ejército, o como si estuviera completamente preparado para el apocalipsis zombi.

—Entonces, ¿cómo es que os conocéis? —preguntó Marit.

Su pregunta me sacó de mis pensamientos y mi mirada se dirigió a Paul. Yo estaba sentado en la parte de atrás frente a él, con una vista clara de un lado de su cara. Tenía una pequeña cicatriz en el pómulo que no tenía de antes...

Me pregunto qué le pasó.

Cuando no contesté, él lo hizo.

—Ah, solíamos trabajar juntos en Darwin. Hace mucho tiempo.

Sus ojos se enfocaron con los míos a través del espejo retrovisor.

Lo que dijo no era mentira. *Habíamos* trabajado juntos en Darwin hacía años. Así fue como nos conocimos.

Lo que había dejado fuera era que también habíamos vivido juntos. Durante dos años. Nos conocimos como compañeros de trabajo en un bar y necesitaba encontrar una nueva casa cuando mi contrato de alquiler terminó. Él estaba buscando un compañero de piso. Encajamos bien y entramos en confianza uno con el otro, y luego entramos en la cama.

Pero como él había dicho, eso fue hace años.

Asentí.

—Sí, trabajamos juntos.

No sonaba del todo cierto, pero lo que sea...

Revisé mi teléfono, notando que las barras de cobertura desaparecían a medida que el vehículo avanzaba. Paul habló la mayor parte del camino, dándonos un recorrido turístico mientras nos adentrábamos en el parque, primero por caminos asfaltados, luego por senderos de tierra. La vegetación pasó de los bosques de sabana a los humedales y luego a las tierras bajas. Altísimas paredes de roca, gigantescos montículos de termitas, todos los árboles y palmeras que podrías nombrar. Y Paul podría nombrar a la mayoría de ellos.

La primera parada fueron las pinturas rupestres, que eran interesantes y todo eso, pero no era realmente para lo que estaba aquí, pero aun así me alegré de verlas. Fue bueno ver a las tres mujeres disfrutar y, por supuesto, ver a Paul en su elemento.

Le di un poco de espacio, me quedé un poco atrás.

Me esperó, con una mirada confusa e incierta en su rostro y obviamente decidió dejarme en paz.

No es que pudiera culparlo.

La forma en que habíamos dejado las cosas hacía cinco años no fue genial.

Corrección.

La forma en que *dejé* las cosas hacía cinco años no fue genial.

No quería apresurarlo. Teníamos cinco días, después de todo, y no quería echar todo a perder el primer día.

La siguiente parada fue el crucero por el río con los cocodrilos saltadores. Me senté lejos del borde del bote, y después de que Paul consiguió que las dos chicas noruegas y Norah, con una H, como les había dicho a todos varias veces hasta ahora, se instalaran, habló con el personal en el bote por unos minutos. Claramente trataba con ellos regularmente porque eran todo sonrisas.

Realmente tenía una vida completamente nueva.

Nuevo negocio, nuevo trabajo, nuevos amigos.

Nueva vida.

Nuevo novio, probablemente.

Eso golpeó en mi vientre lo suficiente como para hacerme sentir náuseas. ¿Qué esperaba? Lo que habíamos tenido juntos fue cinco años atrás. Por supuesto que habría seguido adelante.

Eres tú el que no puede seguir adelante, Derek.

No estaba seguro de lo que iba a lograr conseguir al verlo. Una estúpida reunión de cuento de hadas era un sueño lamentable, podía verlo ahora. Así que tal vez, en el mejor de los casos, podría ver con mis propios ojos que él había seguido adelante y que yo debería hacer lo mismo.

—¿Te sientes bien? Pareces un poco pálido. Si no te gustan los barcos, deberías haberlo dicho.

Su voz era tan familiar. No la había escuchado en años, sin embargo, después de unas pocas horas, sentí como si nunca me hubiera perdido un día.

Lo extrañaba todos los días.

Dejé escapar un suspiro y lo miré antes de asentir hacia el frente del bote.

—No, estoy bien. —No era como si pudiera decirle que la sensación de inquietud se debía a que lo estaba imaginando teniendo un nuevo amante—. Sabes que enseñar a los cocodrilos a saltar del agua para comer no es una buena idea.

Él sonrió.

—Le dicen a la gente que no se cuelgue por los costados y, por supuesto, nunca escuchan. Hasta que ven a los cocodrilos saltar así.

Negué con la cabeza. Estúpidos turistas. En realidad, estúpidos operadores de turismo que pensaron en eso. Señalé con la barbilla a un grupo de personas que se mantenían alejados del borde.

—¿Quieres apostar que son lugareños?

Paul se rio entre dientes, y con un suspiro, su sonrisa se desvaneció.

—Vi tu nombre en el manifiesto del grupo. Me preguntaba si eras tú.

—El mismo. —Tampoco iba a decirle que había averiguado qué viaje turístico dirigía y lo había elegido específicamente para poder verlo. Así que mentí en su lugar—. Me sorprendió un poco verte.

Me dio un codazo.

—Me di cuenta por tu cara.

La conmoción en mi rostro cuando lo vi no tenía nada que ver con la sorpresa. Era que él, después de todos estos años, estaba de pie justo frente a mí. Incluso más guapo de lo que nunca había estado.

Cinco años después, como si hubiera pasado una eternidad y nada de tiempo.

—¿Qué tal has estado? —preguntó.

—Bien —respondí—. Bastante bien. ¿Y tú? Conseguiste el trabajo de tus sueños, por lo que veo.

Se estremeció como si mis palabras hubieran dado en el blanco. No había querido sonar tan amargado.

—Sí. He estado trabajando aquí durante más de cuatro años. Me encanta. —Me miró—. ¿Y tú qué tal?

Me encogí de hombros.

—Lo mismo.

—¿Sigues en el bar?

Resoplé.

—No. Trabajo en una oficina. Es tan malo como suena.

—Pero nada de noches y fines de semana o peleas de bar, ¿verdad?

Casi sonreí.

—Exacto.

Sonrió un poco, y vimos a los turistas maravillarse con los cocodrilos durante un rato.

—Todavía con las estrellas, por lo que veo —dijo dándome una sonrisa—. ¿Es un nuevo telescopio?

Asentí. Nunca había entendido realmente mi fascinación por el cielo nocturno. Demonios, yo tampoco, de verdad. Pero él nunca había pensado que era extraño o tonto como lo pensaban otras personas, y aún estaba agradecido por eso.

—Sí. Lo tengo desde hace unos dos años. Alguien dijo que necesitaba ver la vista desde Kakadu. —Me encogí de hombros de nuevo—. Así que aquí estoy.

Nadie me había dicho que viniera a Kakadu. Todo fue idea mía. Rastrearlo, usar eso como una excusa para verlo de nuevo. Y, como si pudiera ver a través de mi mente, me miró fijamente durante un largo rato, su mirada buscando la mía. No sé lo que estaba buscando. La verdad, probablemente.

—Es bastante espectacular —dijo.

Mi pulso se aceleró, su efecto sobre mí todavía tenía mucha fortaleza. Especialmente tan cerca de mí, donde podía sentir el calor de su cuerpo, oler su desodorante. Antes de que pudiera formar palabras para hablar, la multitud de idiotas que miraban a los cocodrilos saltaron chillando, y tanto Paul como yo nos giramos al escuchar el sonido.

—¿Alguien se ha caído alguna vez? —pregunté.

—No que yo sepa. —Me lanzó una media sonrisa—. Escuché de un chico que necesitó que lo rescataran en helicóptero de un cañón este año. Intentaba tomarse una selfi con una serpiente marrón.

Resoplé.

—Juega juegos estúpidos, gana premios estúpidos. Ya sabes, el darwinismo es un tema real.

Se rio.

—Trato de inculcar un enfoque de sentido común con mis clientes.

Asentí a la multitud.

—Bueno, será mejor que vayas a conversar con Norah con una H. Está a punto de obtener una membresía acelerada en la sociedad de zurdos.

Levantó la vista y, efectivamente, allí estaba Norah, la primera en la fila con los cocodrilos. Paul suspiró.

—Ah, cielos. —Entonces sus ojos se encontraron con los míos de nuevo—. Es bueno verte de nuevo, Derek.

Luego se levantó y se acercó a la multitud y traté de recuperar el aliento.

No había sido terrible. De hecho, fue un milagro que

incluso me hablara, así que lo iba a tomar como una victoria.

Todavía no sabía si estaba saliendo con alguien. O demonios, incluso podría estar casado por lo que yo sabía.

Apareció esa sensación de malestar de nuevo.

Necesitando distraerme, me levanté y me detuve en el pasamanos. Pensé que, si alguien iba a perder una extremidad, entonces querría la mejor vista posible.

CAPÍTULO TRES

PAUL

DEREK NO HABÍA CAMBIADO MUCHO, para nada. Todavía tenía ese oscuro humor negro. Seguía siendo del tipo melancólico, pesimista por naturaleza, malhumorado y sexi como el infierno.

Tenía tantas preguntas que hacerle.

Dijo que ahora tenía un trabajo de oficina, que no era lo que él quería. Pero había algo más en sus ojos. Una resignación, una tristeza. Siempre había sido inquieto. Su vaso siempre estaba medio vacío. Así era él.

Seguía sin tolerar la estupidez y nunca fue de relacionarse con gente. Pero siempre había sido perspicaz y reflexivo, y a los pocos que dejaba entrar en su mundo, los trataba como reyes.

No confiaba fácilmente, y yo le había echado eso en cara.

Bueno, sin querer. No había sido mi intención haberle hecho tanto daño. Pero él confió en mí, y lo dejé.

Solo podía imaginar la destrucción que había dejado atrás.

Habría levantado más muros, tal vez odiado un poco más a la gente. Y por eso lo lamentaba.

Realmente era un hombre maravilloso, una vez que pasabas las espinas y los pinchos. Siempre había dicho que era como una buganvilla: hermoso y dulce, prosperaba en las condiciones adecuadas, pero estaba cubierto de espinas que te harían trizas con un movimiento en falso.

Parecía aún más espinoso ahora, y tal vez eso era culpa mía.

Pero, aun así, era genial verlo.

El crucero de los cocodrilos terminó sin víctimas mortales, gracias a Dios. Tuvimos un almuerzo donde nos conocimos un poco más. Tenía la sensación de que Marit hablaba mejor inglés que Kari porque era la que más hablaba y Norah se convirtió en la madre del grupo. Era lo suficientemente agradable, solo que tenía una personalidad muy fuerte. Derek no hablaba mucho y se mantenía a una distancia segura de las conversaciones. No era grosero, solo estaba feliz de apegarse a su yo introvertido.

Y pronto estuvimos de regreso en la carretera, dejando la Autopista de Arnhem antes de llegar a Jabiru y desviarnos de la carretera. Les di a los clientes una pequeña visita guiada, señalando lugares de interés y respondiendo cualquier pregunta.

Mi campamento era un campamento permanente, con lo que uno podría llamar tiendas de campaña de lujo o "glamping". Eran técnicamente eco-domos con energía solar. Cada uno tenía un suelo de madera elevado, una cama plegable o dos, tomas de corriente y paredes de malla que podían abrirse para dejar entrar la brisa. Eran lo suficientemente espaciosas, tenían un pequeño baño privado cada una y estaban decoradas con luces de hadas para crear ambiente, con una pequeña terraza en el frente para disfrutar de la vista espectacular.

Había un área común cubierta donde cocinábamos y comíamos, y una fogata para las noches más frescas. El campamento estaba en lo alto de una colina que daba a los humedales, que no estaban demasiado húmedos en esta época del año. Había escarpes rocosos a la derecha, una buena caminata hasta la cima, pero valía la pena por la vista. Y había un bonito billabong y una poza para nadar más adelante a lo largo del camino a la izquierda.

Era el lugar perfecto.

Ni un alma en kilómetros, lo que algunas personas encontraban un poco preocupante. A mí me encantaba.

Hice que todos bajaran sus maletas del Cruiser con instrucciones.

—La tienda número uno es doble, así que, Kari y Marit, esa es para vosotras. Norah, estás en la tienda dos. Derek, estás en la tienda tres. Estoy en la tienda cuatro si me necesitáis. Siempre hay fruta fresca, galletas saladas y agua en la cocina común. Serviros vosotros mismos en cualquier momento.

Les di reglas e instrucciones sobre seguridad y les recordé que nunca salieran del campamento sin una mochila con agua y suministros de emergencia. Incluso si solo tuvieran la intención de caminar durante cinco minutos. Aquí no había lugar para errores.

Ninguno.

Todos asintieron y se fueron a sus tiendas asignadas. Les di algo de tiempo para instalarse y refrescarse generalmente me daba tiempo suficiente para bajar todo del Cruiser. Conecté el teléfono satelital para cargarlo como siempre lo hacía y guardé los suministros.

Encontré a Derek parado en el borde del campamento, contemplando la vista. Eran humedales verdes hasta el horizonte. Simplemente asombroso.

—¿Es esto realmente el Nunca Jamás?

Casi me río. Todo el mundo conocía ese nombre por Cocodrilo Dundee.

—No. Esa parte del parque está a unos cien kilómetros al sureste de aquí.

Asintió.

—Es impresionante. Puedo ver por qué te gusta estar aquí.

—Deberías verlo en la temporada de lluvias —dije—. Tormentas eléctricas toda la tarde. Todo el cielo es un espectáculo de luces. Los humedales cobran vida. No hay nada como eso.

Su mirada se cruzó con la mía antes de volver a la vista.

—¿Se puede llegar aquí en la temporada de lluvias? Pensé que el acceso estaría cortado.

—Vivo aquí —admití—. Todo el año. Paso muy pocas noches fuera. Las carreteras no son muy buenas, y cuando llueve, hay muy pocos visitantes o turistas. No aquí arriba donde estamos. Los recorridos por los humedales aún se realizan. Tengo un chico que viene en esta dirección en la temporada de lluvias. Persigue tormentas y las estudia. Aparentemente le gustan los relámpagos. A veces se queda aquí si las carreteras están intransitables.

—¿Le gustan los relámpagos? ¿Está loco?

—No. Es un buen chico, en realidad. Un poco temerario, pero tendrías que serlo para instalar equipos de metal en una tormenta eléctrica, ¿verdad?

Sus ojos se estremecieron, endureciéndose en el horizonte.

—¿Es él... estás...?

¿Estoy... qué?

No terminó la oración, y antes de que pudiera preguntar, Norah apareció a nuestro lado.

—Increíble. Esta es una vista impresionante —dijo—. ¿Hay algún sendero directo para caminar desde aquí?

Distraído por su pregunta, le expliqué dónde estaban los senderos, mostrándole cuál era el mejor, el más largo, el más corto, etc., lo que por supuesto generó más preguntas. Cuando miré hacia atrás, Derek se había ido.

¿Es él... estás...?

¿Estaba tratando de preguntar si el chico de la tormenta y yo teníamos algo?

Tully Larson era un buen chico. Veinte y tantos años y sí, tal vez era guapo. Pero no tenía idea de si él podría estar interesado porque no tenía intención de actuar en consecuencia.

No había actuado por ningún impulso en mucho tiempo. Para comenzar, había estado ocupado. Al principio traté de tener algunas noches no mucho después de que Derek y yo rompiéramos. Pero no se sintieron bien, solo me dejaron sintiéndome hueco y vacío, como si estuviera tratando de llenar un vacío que nunca podría llenarse.

Una especie de vacío de Derek.

Así que dejé de intentarlo después de eso. No había mirado ni tocado a nadie desde entonces.

—Esta noche subiremos a la cima del acantilado —le

dije a Norah—. No es exactamente arduo y estoy seguro de que será fácil para ti, pero te prometo que la vista vale la pena.

—Estoy segura de que será un paseo por el parque —dijo esperando que yo entendiera el juego de palabras—. ¿Lo pillaste?

Fingí una risa.

—Oh, sí, un agradable y fácil paseo por el parque nacional.

Se pavoneó un poco y me contó cómo el año pasado había recorrido el Overland en Tasmania. También había hecho el Machu Picchu y había caminado parte del sendero de los Apalaches en América del Norte, así como algunos senderos a pie en Inglaterra a lo largo del Muro de Adriano, solo por nombrar algunos.

Era notable, sí. Y ciertamente tenía algunas historias fascinantes, que iba a escuchar durante los próximos cinco días, estaba seguro. Pero era agradable, y un poco sermoneadora, y Marit y Kari eran súper amigables, y junto con Derek, estaba feliz con el pequeño grupo de visitantes. Todo el mundo era dócil, bastante agradable.

Pero realmente solo quería un tiempo a solas con Derek.

Quería hablar con él, preguntarle sobre todo lo que había hecho estos últimos cinco años, cómo les iba a todos en su vida y cuál era el motivo de la tristeza en sus ojos.

—¿Quién se apunta a una pequeña caminata hasta la cima de la cresta? —le pregunté al grupo, señalando el afloramiento rocoso que enmarcaba el lado derecho del campamento—. Un picnic y una puesta de sol en Kakadu para nuestra primera noche aquí. ¿Qué os parece?

Todos estaban de acuerdo, emocionados incluso. Excepto por Derek. Él asintió y se encogió de hombros, pero usar la palabra excitado sería una exageración.

—Claro —dijo.

—Salimos en treinta minutos —dije asegurándome de mirar mi reloj para que ellos también lo miraran.

Preparé un poco de ensalada de frutas, queso y galletas saladas, y las copas de vino de plástico de las que podíamos beber nuestro zumo o agua. Y cuando comenzamos nuestra caminata, abrí el camino con Norah detrás de mí, luego Marit y Kari, y Derek al final.

No lo había planeado de esa manera, pero en realidad iba bien.

El acantilado tenía escalones rocosos naturales, pero la escalada era vertical y todos tenían una mochila con su agua y suministros de emergencia estándar. No era pesado como un equipo militar, pero tampoco era liviano. Cuando llegué a la cima de la cresta, ayudé a cada uno de ellos a subir el último escalón. Las mujeres estaban sudorosas y resoplando un poco, y es cierto que yo también. Derek parecía estar llevándolo bien, sus bíceps se abultaban mientras se impulsaba. Extendí la mano para ayudarle en el último paso. Miró mi mano, luego mi cara, antes de tomar mi mano, algo a regañadientes.

Su agarre era fuerte y familiar, pero nuevo otra vez.

Dejó caer mi mano primero y pasó junto a mí para unirse a los demás cerca del borde lejano, disfrutando de la magnífica vista. Era un parque nacional verde hasta donde alcanzaba la vista, hasta el horizonte en todas direcciones.

—Oh, vaya —dijo Derek.

Marit y Kari estaban sonriendo, tomando fotos, y

Norah ya estaba tomando puntos de referencia para caminar y marcando a dónde quería ir.

Saqué la manta y preparé el picnic de mi mochila. Nos sentamos, comimos la fruta y el queso, bebimos zumo y vimos cómo el cielo se transformaba en rosas y naranjas vibrantes, y luego en púrpuras que había que ver para creer. Era casi de otro mundo, y muy a menudo los turistas que venían aquí se sorprendían primero, pero normalmente se quedaban en silencio cuando la paleta de colores suaves los bañaba.

Había visto todos los atardeceres y amaneceres durante cuatro años, y nunca dejaban de impresionarme.

Nunca lo harían.

—Me gustaría traer mi telescopio aquí —dijo Derek—. Tal vez mañana por la noche. —Estábamos recogiendo para regresar antes de que oscureciera demasiado.

—Podemos volver más tarde esta noche —sugerí. Si hubiera querido venir solo, bueno, eso estaba fuera de cuestión. Nadie caminaba solo por aquí. Sin excepciones —. Pero ha sido un día ajetreado. Si quieres esperar hasta mañana, está bien.

—Oh. —Se resistió—. Eh, solo pensé que podría volver...

—Nadie camina solo —dije ofreciéndole la mano a Kari, que descendía primero por el acantilado. Sonrió mientras bajaba el primer escalón, luego Marit y luego Norah. Cada una tomó mi mano ofrecida y cuando fue el turno de Derek, le tendí la mano con una sonrisa.

Puso los ojos en blanco y me ignoró, dando el primer paso sin ayuda.

Me habría ofendido si no hubiera captado el atisbo de una sonrisa.

—Mañana podría ser mejor —le dije. Después de todo, había sido un día largo—. Puedes configurar tu telescopio en el campamento esta noche. Podría ser una buena introducción —dije cuando llegamos al final de la subida—. Entonces mañana por la noche podemos volver aquí.

Derek asintió, no muy complacido, pero afortunadamente no presionó.

Fui al frente de la fila. Nunca dejaba que ningún visitante dictara nuestro horario, así que no habría discusión. Y si estaba siendo honesto, tan agradable como sonaba un tiempo a solas con él en la cima de la colina bajo las estrellas, no estaba seguro de estar listo para eso.

—Prepararé algo para la cena primero.

El plan era cenar y tomar una ducha, luego nos sentaríamos en el campamento frente a nuestras tiendas, bajo las estrellas, contemplando el oscuro valle que se extendía debajo. Siempre encendía una pequeña fogata, no por el calor sino más por la experiencia. Herví té, como solían hacer los bandoleros australianos, y a los clientes les encantaba.

Era la manera perfecta de relajarse después de un largo día.

Kari y Marit fueron las primeras en dar por terminada la noche. Me agradecieron por un maravilloso primer día y desaparecieron en su tienda. Sus luces se apagaron poco después.

Sin embargo, Norah se quedó.

Ella era agradable, no podía negarlo. El tipo de personalidad fuerte con sus propias opiniones, pero también era inteligente y había viajado mucho, y normalmente habría disfrutado sus historias. Pero mi mirada siguió desplazándose hacia Derek, quien básicamente nos ignoraba y miraba hacia el cielo nocturno.

Realmente solo quería pasar un tiempo a solas con él, y cuanto más hablaba Norah, más se prolongaba la noche y más podía sentir que se me acababa el tiempo. Como si un reloj estuviera corriendo en mi cabeza, sabiendo que mi tiempo con Derek era tan limitado...

—Ah, Derek —dije como si acabara de recordar—. Es posible que desees instalar tu telescopio lejos del campamento, lejos de las luces. Aunque no muy lejos. —Me levanté, efectivamente terminando mi conversación con Norah—. Voy a coger la linterna.

Derek consultó su reloj.

—Es un poco temprano —dijo—. Pero ya puedo ver mucho en este cielo.

—Espera hasta que te alejes de la contaminación lumínica —le dije, acercándole la linterna—. Uno no pensaría que un campamento marcaría una gran diferencia, pero lo hace.

Me sonrió y mi pulso se aceleró. El tipo de sonrisa despreocupada que solía tener hacía tantos años. La que veía en mis recuerdos, en mis sueños...

—Tomaré mi mochila —dijo Norah.

Oh, genial.

Ella venía con nosotros.

—Buena idea —dije mostrando una sonrisa, aunque se sentía como una mueca.

Sigues siendo un terrible mentiroso. Derek me estaba sonriendo.

—¿Esperabas tener un tiempo a solas conmigo? —murmuró, pero había un destello de honestidad en sus ojos.

No me había dado cuenta de lo mucho que esperaba tener un tiempo a solas hasta que se me ocurrió que no lo estaba consiguiendo.

—No te halagues a ti mismo —le susurré.

Se rio, y Dios mío, había extrañado ese sonido. Pero Norah regresó antes de que pudiera responder. Tenía su mochila puesta y su linterna LED en la mano. Era como una niña exploradora patrocinada por una tienda de camping. Era un poco divertido. Le mostré mi linterna, que era como la de ella, solo que diez veces más potente.

—¿Estamos listos?

Ella asintió con entusiasmo y Derek puso los ojos en blanco.

Los llevé a un lugar despejado en la maleza que pensé que podría ser bueno. Lo suficientemente lejos para que las luces no fueran una molestia, pero lo suficientemente cerca para escuchar si Marit o Kari me necesitaban.

Dejé la linterna mientras Derek instalaba su telescopio. Siempre había amado las estrellas y la inmensidad del espacio. Muy a menudo me despertaba en una cama vacía y lo encontraba sentado en el patio trasero de la casa que habíamos alquilado con su viejo telescopio, con la vista siempre hacia arriba.

Nunca pensé en preguntarle qué estaba buscando exactamente.

O si alguna vez lo encontró.

Solía decir que miraría todo y nada. Nunca cuestioné

por qué buscaba en los cielos. Simplemente aceptaba que lo hacía.

—Tu nuevo telescopio se ve muy llamativo —le dije mientras lo instalaba.

—Eh, gracias —dijo—. Todavía tengo el viejo. Pero este es más potente.

—Eh, ¿Paul? —dijo Nora—. ¿Qué vida silvestre nocturna hay aquí?

Estaba mirando la maleza, que era más un humedal o bosque de tierras bajas. Había árboles, helechos, hierbas altas y toda una cacofonía de vida silvestre que no podíamos ver, pero que sin duda podían vernos.

—Hay mucha —dije—. Muchos mamíferos, ranas, lagartijas. —No iba a mencionar cerdos salvajes y murciélagos.

—¿Hay cocodrilos?

—No os habría traído aquí si los hubiera —dije—. Y yo no estaría de pie aquí.

Ella pareció relajarse un poco... hasta que pensó en otra cosa. Se giró hacia mí, con los ojos muy abiertos, el rostro pálido a la luz de la linterna LED.

—¿Casuarios?

—¿Te refieres a pavos velocirraptores con cascos? —respondió Derek, sin levantar la vista del ocular de su telescopio.

Resoplé, pero rápidamente tranquilicé a Norah.

—No. Aquí no hay casuarios. Y no son nocturnos.

—Pero hay serpientes y varanos —agregó ella.

—Esto es Australia —respondió Derek rotundamente —. Entonces sí. Los hay. —Se apartó de su telescopio e hizo un gesto a Norah—. Echa un vistazo.

Ella no era tan alta como él, así que tuvo que bajárselo un poco, pero tan pronto como puso su ojo en el ocular, jadeó.

—Ay, dios mío.

Derek me sonrió, y el calor de la misma sonrisa se enroscó alrededor de mi vientre.

Norah miró a Derek.

—¿Esto es de verdad?

—Seguro.

Volvió a mirar durante unos segundos, luego dio un paso atrás, con los ojos muy abiertos y emocionada, y me dejó echar un vistazo.

Y, joder.

Podía ver… cada cosa. Podía verlo todo.

Tantas estrellas. Incontables. Brillantes y cercanas, magníficas e increíbles.

Como una bola de discoteca o una bola de nieve o… No había metáforas adecuadas.

—No se parece a nada que haya visto —susurré. Me volví hacia Derek—. Este telescopio es mucho mejor que el anterior.

—¿Verdad? —dijo tomando de nuevo el catalejo, poniendo su ojo en la pieza—. Es como un asiento de primera fila en el Hubble.

Odiaría pensar cuánto costaría su nuevo telescopio.

—¿Lo conseguiste de la NASA?

Se rio.

—No exactamente. —Entonces se quedó en silencio por unos momentos—. Es aún más impresionante desde aquí. —Movió el telescopio para poder recorrer la Vía

Láctea; estaba buscando algo, claramente. Sonrió cuando lo encontró—. Oh, vaya.

Lo mantuvo quieto y fijó la mira para que no se moviera.

—Aquí. Mirad esto.

Norah volvió a mirar y volvió a jadear. Parecía estar sorprendentemente sin palabras. Miró a Derek, asombrada.

—Otra primera vez para agregar a mi lista —dijo—. De todas las cosas que pensé que vería en Kakadu, Saturno no era una de ellas. —Miró de nuevo a través de la mira—. Nunca había visto algo tan hermoso.

Mis ojos se dirigieron a los de Derek. Su largo cabello caía sobre sus ojos, la luz atenuada de la linterna capturaba todas sus facciones como una foto monocromática contra la negrura que lo rodeaba.

Nunca había visto nada tan hermoso tampoco.

—Aquí —dijo Norah—. Echa un vistazo.

Derek y yo fingimos que no nos habíamos estado mirando el uno al otro. Acerqué el ojo al ocular y miré.

Y dejé de respirar. Lo que estaba mirando literalmente me robó el aliento.

Miré a Derek, asombro claro en mi rostro. Él sonrió en respuesta, como si hubiera sabido esto en secreto todo el tiempo.

—Jesús —murmuré mirando de nuevo a través del telescopio.

Era Saturno y sus anillos en todo su esplendor celestial. Como todas las fotografías de alta definición que había visto, solo que mejor.

Y con mis propios ojos.

—¿Observas esto todas las noches?

Cuando no respondió, me volví para mirarlo. Él asintió.

—Sí.

—Derek —susurré—. Estoy... —No sabía que decir—. Guau.

Su sonrisa era tímida, personal de alguna manera. Y deseé que estuviéramos solos. Deseé que Norah quisiera volver y que pudiéramos estar solos, él y yo...

Pero en lugar de eso, ella empezó a hablarme de la aurora boreal que había visto en Islandia. Habló mientras Derek mantenía su ojo en el telescopio, y yo mantuve mis ojos en él. La forma en que su mandíbula cortaba la noche oscura detrás de él, la columna de su cuello, cómo sus largos dedos manejaban el telescopio con tanto cuidado.

Mi mente me llevó de vuelta a nuestra vida juntos. Él riéndose en la ducha, gimiendo en mi oído...

—¿Paul? —preguntó Norah, su voz cortando algunos recuerdos muy privados.

—¿Lo siento? Estaba a un millón de kilómetros de distancia.

—Solo te pregunté si alguna vez habías visto las Auroras Australes.

—No. Aún no. Tal vez algún día.

Norah comenzó a contarme sobre el tiempo que estuvo en Nueva Zelanda, y capté la sonrisa de Derek cuando volvió a mirar a través de su telescopio.

No pasó mucho tiempo después de eso para que comenzara a recoger.

—¿Querías quedarte? —pregunté—. Puedo acompañar a Norah de regreso al campamento y regresar.

Sus ojos cortaron los míos.

—No, está bien. Ha sido un día largo.

Así que caminamos de regreso al campamento. Apenas cincuenta metros en realidad, pero era a través de la maleza. Cuando nuestras tiendas aparecieron a la vista, mi estómago comenzó a apretarse. Nudos y mariposas, nervios y anticipación.

—Bueno, buenas noches —dijo Norah dirigiéndose a su tienda—. Nos vemos temprano con la luz brillante.

Derek y yo nos detuvimos. Miró a su tienda, luego a mí. Por un momento más largo, nos miramos el uno al otro.

—Derek, yo...

—Nos vemos mañana —dijo dándose la vuelta y desapareciendo en su tienda, el cierre de la puerta con cremallera fue una finalidad en el silencio.

Me quedé allí por un segundo, tratando de recuperar el aliento. Y era apenas el primer día...

Sí, definitivamente íbamos a tener que hablar.

CAPÍTULO CUATRO
DEREK

CRISTO, esto fue una mala idea.

Cuando solo estábamos él y yo, el aire entre nosotros crepitaba con tensión. Tenía que ser capaz de sentirlo. No me lo estaba imaginando. La forma en que me miraba, cálida y familiar, pero cautelosa. Como si hubiera seguido adelante y fuera demasiado tarde. Como si lo lamentara, pero ya fuera demasiado tarde.

Había mencionado al chico que perseguía tormentas. El que vendría y se quedaría con él.

Debería haber sabido que encontraría a alguien nuevo. Quiero decir, Paul era un gran hombre. Guapo, divertido, trabajador. Dirigía su propio negocio exitoso. Estaba viviendo su sueño, y nunca se había visto más feliz.

¿Quién no lo querría?

Estaba enfadado porque Norah se había unido a nosotros, pero mientras estaba acostado mirando el techo de la tienda, probablemente me alegré de que lo hubiera hecho.

Porque en el momento en que estuvimos solos, Paul estaría a punto de decirme que era bueno verme, pero...

Era bueno ponerse al día, pero... Se alegraba de que estuviera bien, pero...

No quería escucharlo.

Mi corazón no estaba preparado para eso.

No en el primer día.

El segundo día no se perfilaba para ser mucho mejor.

Desayunamos sándwiches de beicon y huevo, café y zumo. Paul preparó nuestros almuerzos para llevar, apiló todo en su Cruiser y partimos de nuevo.

Nuestra primera parada estaba conduciendo hacia los humedales hasta un lugar para observar aves, y estaba bastante bien. Deseé haber traído mi telescopio más pequeño de casa, aunque había binoculares para uso de los turistas. Había un florecimiento de diferentes pájaros para ver, y ni siquiera era la temporada de lluvias.

No era lo que había venido a hacer aquí, pero era interesante y bueno verlo al menos una vez. Me gustaba escuchar a Paul hablar sobre las cosas que le apasionaban.

Era un buen recordatorio de que había pasado años aprendiendo su oficio y que era diferente al Paul que solía conocer.

Un buen recordatorio, sí. Doloroso, pero bueno.

Después de eso, condujimos por un camino lleno de baches hasta que la pista básicamente terminaba en un anchurón circular y lo que probablemente se suponía que era un aparcamiento.

—Caminamos desde aquí —dijo Paul.

Y caminamos.

Era un día cálido y un poco húmedo, aunque Marit y Kari estaban sudando y sonrojadas; Norah tenía la cara roja. Paul la vigilaba y ella seguía diciendo que estaba bien;

simplemente no estaba acostumbrada a caminar en climas tropicales. Y eso era probablemente cierto. Todos los lugares sobre los que había mencionado ir de excursión antes eran más fríos.

—No os preocupes por mí —dijo bebiendo su agua—. Si la elevación y la pendiente de Machu Picchu no me mataron, Kakadu tampoco lo hará.

Paul se había reído con su afirmación, pero me di cuenta de que la estaba vigilando de cerca.

Paul y yo estábamos acostumbrados a este clima, ambos locales de Darwin. De hecho, era un clima agradable para nosotros. Me alegré de que Norah no hubiera elegido visitarnos en enero.

Los billabongs eran hermosos y pude ver por qué eran populares. Caminamos hasta el borde más lejano, y me pregunté por qué Paul había sugerido eso cuando otro grupo de turistas llegó poco después de nosotros. Definitivamente había escogido el mejor lugar.

Marit y Kari fueron las primeras en meterse en el agua, riéndose mientras se sumergían. Norah me dio asentimiento, nerviosa.

—¿Vas a meterte?

—Sí. Supongo que lo haré —dije dejando mi mochila en el suelo.

—No hay cocodrilos, ¿verdad?

—No. —Al menos no del tipo de agua salada. No dije eso en voz alta, aunque estaba justo en la punta de mi lengua.

Paul reprimió una sonrisa como si pudiera leer mi mente.

—No, aquí no hay cocodrilos —dijo.

Entonces, asintiendo y viendo que los turistas del otro lado también entraban, Norah se metió en el agua.

—¿De verdad cree que las llevarías a un pozo de agua infestado de cocodrilos? —pregunté—. De todos modos, aquí es más probable que se encuentre con una taipán del interior que con un cocodrilo.

Paul resopló.

—No digas eso.

Me quité los calcetines, los zapatos y la camiseta. La mirada de Paul fue directamente a mi pecho, y me di cuenta de que trató de no mirar, pero el tatuaje llamó su atención.

—Eso es nuevo.

Era un rociado de rosa, morado y naranja en mi corazón, con finas líneas geométricas en forma de trapecio.

Asentí.

—También lo es el que tengo en la espalda. —Me giré hacia al agua, dándole una vista completa del nuevo tatuaje. Nadie que lo hubiera visto alguna vez sabía lo que era, no sin preguntar. Simplemente parecía una gran masa de triángulos que se cruzaban: líneas finas, un diseño geométrico.

Un mapa de las estrellas, cubriendo la mitad de mi espalda.

Sin embargo, Paul lo sabía.

No sabría el significado, pero al menos sabía lo que eran. Probablemente la única persona en mi vida que lo sabría.

Me sumergí en el agua. Clara y refrescante, y exactamente lo que necesitaba para despejar mi mente. Nadé hasta donde estaban Kari y Marit. Norah flotaba boca arriba, a la deriva, levantando la vista de vez en cuando para comprobar dónde estaba.

—Norah dijo que tu telescopio es muy bueno —dijo Marit—. Nos dijo que deberíamos mirar esta noche. ¿Si te parece bien?

—Claro, por supuesto. —Cuanta más gente, mejor. Significaba menos posibilidades de que Paul y yo estuviéramos solos.

Venir hasta aquí a verlo había sido un error. Y aunque me dolía y aunque no era el resultado que quería, tal vez podría usarlo como cierre.

Él había seguido adelante y era hora de que yo hiciera lo mismo.

El almuerzo consistía en pollo y ensalada en panecillos, con un poco de fruta cortada y zumo.

—¿Llevabas todo esto? —preguntó Kari asintiendo—. Pesado de cargar, ¿sí?

Su dominio del idioma no era perfecto, pero Paul era bueno animándola a hablar con más frecuencia. Era tan bueno en este trabajo.

—Sí, pesaba un poco —aceptó—. Pero es un buen ejercicio. No es necesario ser miembro de un gimnasio. —Flexionó sus bíceps con una sonrisa—. Y siempre es más ligero al volver, que es la parte más importante.

Mi mente todavía estaba reproduciendo la flexión de sus bíceps como para darme cuenta de que sí, tenía que llevar toda la comida y las bebidas. Tal vez por eso insistió, al menos, en que cada uno lleváramos nuestra propia agua.

Aunque me sentí un poco mal.

Las mujeres decidieron dar un corto paseo por la orilla

del agua hasta el afloramiento rocoso del otro lado, pero yo estaba feliz de sentarme a la sombra.

—Vigilaré nuestro campamento —dije—. Vosotros id.

Paul me estudió por un segundo.

—¿Estás seguro?

Asentí, evitando sus ojos. Siempre había sido capaz de ver a través de mí, y no quería que viera mi verdad en este momento.

—Sí. Id vosotros.

Las tres mujeres lo estaban esperando, pero con una mirada insegura en mi dirección, se volvió y se encontró con ellas en el camino.

Observé cómo desaparecían entre los matorrales y suspiré.

Maldito fuera.

Esto era confuso, seguro. La forma en que me miraba, o la forma en que lo atrapaba mirándome, estaba mezclada con un calor familiar. Pero luego desaparecía tan rápido como había aparecido.

La química que siempre habíamos tenido todavía estaba ahí. El calor, la chispa. El deseo que nos vio caer en la cama con demasiada facilidad. Esa conexión había estado ausente de mi vida durante cinco años, y estaba de vuelta, picando bajo la superficie desde el momento en que puse los ojos en él.

Pero ¿de qué servía ahora?

Si tenía otro chico en su vida, entonces toda esta angustia sería en vano. Pero necesitaba hablar con él. Necesitaba aclarar las cosas, de una vez por todas.

Sólo entonces sería capaz de seguir adelante.

Regresamos al campamento al anochecer. Todos

teníamos una hora más o menos antes de la cena, así que coloqué mi telescopio en el pequeño porche frente a mi tienda. Podía escuchar el murmullo bajo de Marit y Kari hablando. No estaban hablando en inglés, así que pude desconectarme fácilmente. Y Norah pronto estaba soltando algunos suaves ronquidos en su tienda.

La tienda de Paul era más una lujosa cabaña de lona. Todavía era técnicamente un accesorio no permanente, como estaba seguro de que las restricciones de permisos insistían que fuera en el parque nacional, pero tomaría más esfuerzo quitarla que las carpas glamurosas. Podía oírlo moverse en su cabaña, que supuse que ahora era su hogar. Vivía aquí, en el bosque remoto.

No sabía si pensaba que estaba loco o si lo envidiaba.

Me inclinaba por lo último.

Le envidiaba muchísimo.

No queriendo viajar por ese camino solitario, miré a través del ocular de mi telescopio y puse mi vista en cosas muy, muy lejanas.

Mis recuerdos me traicionaron con algo que Paul me había dicho hacía años.

Siempre estás concentrado en cosas que están fuera de tu alcance, pero no puedes ver lo que está justo frente a ti.

Fue una de las últimas cosas que me dijo. Antes de que me dejara. Antes de que yo lo alejara.

Esas palabras todavía me perseguían.

Y tal vez por eso estaba aquí. Para ver lo que había estado justo en frente de mí.

Para ver lo que había perdido.

Tal vez a una parte de mí le gustaba el dolor...

—¿Qué estás mirando? —La suave voz de Paul estaba justo a mi lado. No lo había oído venir.

—Oh. —Me senté—. Eh, solo la luna.

—Solo la luna —repitió—. Nada fuera de este mundo.

Casi sonreí.

—¿Es una broma?

Él sonrió, su mirada suave.

—¿Puedo mirar?

Ajusté el visor y le di espacio para que pudiera mirar. Se quedó en silencio por un segundo.

—Jesús. No estabas bromeando. Eso es como la maldita luna real.

Resoplé ante eso.

—Es la luna.

Se quedó en silencio por un segundo, su enfoque en la vista en el telescopio.

—¿Por qué estás enfocado en ese cráter?

—Es el *Mare Tranquillitatis* —respondí—. O el Mar de la Tranquilidad.

Paul me miró.

—Ese es un nombre bonito.

—Es muy bonito. Así soy yo. Todavía concentrado en cosas que están tan lejos de mi alcance que no puedo ver lo que está justo frente a mí.

La mirada de Paul brilló con reconocimiento, con dolor.

—Sí, mira, Derek. Lo lamento.

—No necesitas disculparte. Tenías razón.

Se volvió hacia la vista del valle y suspiró.

—Lo mismo podría decirse de mí. Estaba tan concentrado en lo que había en el horizonte que no miré lo que me pasaba.

—Pero ahora eres feliz —le pregunté, aunque en realidad no era una pregunta.

—Claro.

—¿Con tu chico de la tormenta?

La cabeza de Paul giró tan rápido que creí escuchar su cuello crujir.

—¿Qué?

—Oh, Paul —dijo Marit—. Ahí estás. ¿Puedo preguntarte algo? ¿Te importa? Con la ducha. —Ella imitó abrir el grifo—. Doy vuelta... y no sale agua.

—Ah, sí —dijo Paul—. El grifo. Sé lo que vas a preguntar. —Bajó de mi cubierta y se dirigió hacia su tienda—. Hay una válvula... tienes que tener cuidado o habrá una fuente de agua fuera de tu ducha.

Desaparecieron en su tienda y volví a mirar el espacio exterior. Más allá de la luna, acercándome lentamente a las estrellas inalcanzables. Las cosas eran mucho más fáciles allí arriba. El vacío, la inmensidad.

El silencio.

Donde las cosas no eran complicadas.

Donde la soledad no dolía.

LA CENA FUE TRANQUILA. Bueno, todos hablaron, pero yo me mantuve en silencio, como solía hacer, y después, Norah me preguntó si iba a ir a mirar las estrellas de nuevo, arriba en la cresta, como había mencionado el día anterior.

—Claro —dije. Luego miró a Paul—. ¿Podemos?

Seguía olvidando que este era su negocio y que yo era un visitante aquí. Necesitaba preguntar si estaba bien primero.

—Sí —dijo encogiéndose de hombros—. No puedo ver por qué no.

—Deberíais venir vosotras dos —dijo Norah a Marit y Kari—. La vista a través del telescopio es increíble.

Oh, genial. Otra actividad de grupo.

Reprimí un suspiro. No me importaba que vinieran, realmente no me importaba. Apreciaba su entusiasmo por la astronomía. Era agradable que estuvieran emocionadas por esta actividad en lugar de poner los ojos en blanco o burlarse de mí, como hacían algunas personas en casa.

Era algo que normalmente hacía solo.

Siempre fuimos solo las estrellas y yo, como a mí me gustaba.

Era personal y privado.

A menos que solo fuéramos Paul y yo. No me hubiera importado.

Pero todos íbamos a ir, al parecer. Y eso estaba bien. De hecho, me gustaba este grupo. No había bocazas, ni extrovertidos salvajes que necesitaran ruido, ni nadie que se quejara de cada pequeña cosa.

Estaba agradecido por ello.

Claro, a Norah le gustaba hablar y contar sus historias, pero no era autoritaria. Y cuando comenzaba con sus historias de "cuando estaba haciendo senderismo en Perú", fácilmente podía ignorarla.

Como ahora.

Habíamos escalado el acantilado, Paul había traído

algunas mantas de picnic y bocadillos, así que mientras se sentaban a charlar, coloqué mi telescopio.

Fingí que me llevó un poco más de tiempo de lo que realmente dediqué, tomando egoístamente el cielo nocturno solo mientras tenía la oportunidad. Volví a concentrarme en Saturno, dado que era el momento perfecto del año para verlo desde aquí. Era claro, brillante y muy hermoso.

—¿Kari, Marit? —Hice un gesto hacia el telescopio—. ¿Queréis ver algo increíble?

Se acercaron, Marit mirando primero. Ella abrió la boca y volvió sus ojos muy abiertos hacia mí, luego volvió a mirar por el ocular. Entonces dejó que Kari tuviera su turno, diciéndole algo en noruego, y la emoción de Kari coincidió con la de su amiga.

Entonces Norah tuvo su turno, y Paul retrocedió, sonriendo.

—¿Quieres mirar? —Le pregunté.

Su cálida sonrisa y sus ojos suaves hicieron que mis entrañas se encogieran.

—Quizá más tarde.

Oh.

¿Esto era...? ¿Era una invitación?

No estaba seguro

—¿Cuál es tu favorita? —preguntó Marit. Ella agitó su mano a través del cielo—. De todas las cosas ahí fuera.

—La Nebulosa de Orión —respondí de inmediato.

Podía sentir la mirada de Paul sobre mí, pero evité su contacto visual a toda costa.

—¿Puedes mostrárnosla? —preguntó ella, sus ojos tan abiertos como su sonrisa.

—Seguro. Puede que me lleve un poco de tiempo conseguir el enfoque correcto. —Nunca la había mirado desde este punto exacto—. Necesitaré unos minutos.

Regresaron a las mantas de picnic, iluminadas solo por unas pocas linternas de campamento atenuadas. El viento se estaba levantando, un respiro fresco y bienvenido. Y volví a poner mi ojo en el telescopio y fijé mi vista en el cielo del noroeste.

—La Nebulosa de Orión, ¿eh? —preguntó Paul en voz baja. No lo había oído llegar hasta mi lado. Me ofreció una botella de agua. La tomé y di un sorbo—. El tatuaje de tu pecho.

Mis ojos se encontraron con los suyos en la oscuridad.

¿Reconoció eso?

—¿Cómo supiste lo que era?

—No lo supe. No cuando lo vi por primera vez. Pero cuando dijiste que era tu favorita. —Se encogió de hombros, mirando hacia la vasta oscuridad de abajo—. Sabía que era algo relacionado con las estrellas. Los morados y rosas, con las líneas geométricas.

Sostuve el ocular de mi telescopio.

—Echa un vistazo —murmuré.

Se acercó para poder mirar por el ocular. No di un paso atrás. Lo dejé entrar en mi espacio personal, sintiendo el calor de su piel cerca de la mía.

Miró la nebulosa, luego me miró a mí. Miró hacia mi pecho, por encima de mi corazón, donde estaba el tatuaje debajo de mi camisa.

—Tu tatuaje. Se parece a esto —susurró.

—Nació de un desastre cataclísmico. Tiene un agujero negro en su centro, manteniéndolo todo junto con una atracción gravitacional desproporcionada. Atrae todo hacia su corazón y lo diezma. —Mi voz se enganchó, así que tragué saliva para poder hablar—. Como yo.

No dijo nada, pero incluso yo pude ver la tristeza en su rostro en la oscuridad.

Dejé escapar un suspiro lento, tratando de estabilizar mi voz.

—Está a años luz de distancia. Bonita a la vista. Compleja, incomprendida y completamente inalcanzable. Y se está destruyendo a sí misma. —Mi nariz ardía con lágrimas no derramadas—. Como yo.

Paul negó con la cabeza.

—Derek. —Pronunció mi nombre, tan suave y gentil que casi se lo llevó la brisa.

—No sé por qué vine aquí —admití—. Te extrañaba...

—No estoy saliendo con nadie —espetó—. El chico de la tormenta no es... no he salido... no desde ti.

No podía creer lo que estaba escuchando. No estaba seguro de haberlo escuchado correctamente o incluso de lo que quería decir.

Negué con la cabeza. No sabía si reír o llorar.

—Yo tampoco —me las arreglé para decir, mi barbilla temblando. Contuve el aliento y aparté la vista de él. No era bueno hablando de sentimientos y esa mierda. Nunca lo había sido, lo cual era la razón de todo este lío—. Maldito infierno.

La mano de Paul tocó mi brazo. Firme, cálida. Familiar.

—Hablaremos —murmuró.

Asentí porque eso era todo lo que era capaz de hacer.

Me di cuenta de que las chicas estaban en silencio y nos miraban.

—Encontré la nebulosa —dije mi voz más fuerte de lo que esperaba. Me alejé del telescopio, de Paul.

Necesitaba algo de espacio y tiempo para procesar lo que acababa de suceder.

No estaba saliendo con nadie. No había estado saliendo con nadie desde mí.

¿Qué significaba eso? ¿Que había estado demasiado ocupado? ¿O que había dejado un agujero tan grande en su vida como él había dejado en la mía?

Mientras las tres mujeres se turnaban para jadear y maravillarse, practiqué algunas respiraciones medidas e incluso tomé algunos sorbos de agua.

Paul dobló las mantas de picnic y guardó los recipientes de comida en su mochila. Me acerqué y le entregué su botella de agua.

—Oye, una pregunta rápida —dijo en voz baja—. Cuando dijiste que no deberías haber venido aquí, ¿a qué te referías? Porque sonaba como si supieras que estaría aquí.

Bueno, mierda.

—Eh...

Se enderezó y ató el cordón de la mochila.

—Sí. —Señaló entre nosotros—. ¿Tú y yo? Vamos a hablar.

CAPÍTULO CINCO

PAUL

NO PODÍA DEJAR que hiciera esto. Seguía siendo el mismo Derek de siempre. Todavía hermoso, todavía del tipo melancólico y malhumorado, introvertido e incapaz de hablar de nada importante.

Como las emociones y los sentimientos.

Y la verdad.

No podía dejar que descarrilara todo de nuevo. No como la última vez.

¿Lo culpaba por la implosión de nuestra relación?

No completamente. Porque yo era quién se había marchado.

Pero su incapacidad para hablar sobre cómo se sentía, qué le preocupaba, qué le dolía, era una enorme señal de advertencia de neón parpadeante.

Sabía que tenía sus razones para no confiar en la gente. Conocía las historias sobre su infancia jodida y el capullo de su padre, pero lo que no sabía era cómo ayudarlo.

¿Cómo se suponía que iba a ayudarlo cuando se negaba a admitir que necesitaba ser salvado?

Ahora, aquí estaba, cinco años después...

Aquí estábamos los dos. Habían pasado cinco años, pero ambos estábamos atrapados en arenas movedizas. Cuanto más te aferrabas, más difícil era aguantar.

No podía dejar que hiciera esto de nuevo.

Esto tenía que ser diferente. Y tenía que ser diferente desde el principio.

Ni siquiera sabía lo que éramos o lo que nos deparaba el futuro. Mi vida estaba aquí ahora. Mi negocio, mi futuro. Dónde encajaba él en eso, no tenía ni idea.

Realmente necesitábamos hablar.

Lo cual no era fácil dado que las otras visitantes estaban aquí, y necesitaba estar con ellas casi todos los minutos del día.

Lo que nos dejaba la noche.

Nunca tuvimos problemas para *comunicarnos* por la noche, si sabes a lo que me refiero. Cuando las luces se apagaban y nos encontramos solos, nuestros cuerpos se comunicaban muy bien.

Eso nunca había sido un problema para nosotros.

Y tal vez ese era el problema. Quizás el sexo era tan bueno que olvidamos que teníamos que hablar como adultos.

Así que eso también tenía que cambiar.

Nada de sexo hasta que aclarásemos la situación.

Si el sexo estaba siquiera en la agenda de Derek...

Y por la forma en que me miraba cuando regresamos al campamento, estaba bastante seguro de que lo estaba. Estaba tratando de llamar mi atención, tratando de tener una conversación en silencio frente a los demás, tratando de tener un minuto a solas.

Llevé los recipientes de comida a la cocina común para lavarlos y él fingió volver a doblar las mantas de picnic. Norah estaba pasando el rato junto a la hoguera, por lo que Derek mantuvo la voz baja.

—¿Podemos vernos? —murmuró—. Cuando todos se hayan ido a la cama. Puedo ir a tu tienda...

Gire para mirarlo.

—Para hablar. Hablar solamente.

Hizo una mueca, pero me dio un asentimiento.

—Sí, por supuesto.

—¿Puedo ayudar en algo? —preguntó Norah.

Le di una cálida sonrisa.

—No, todo hecho. Pero gracias por la oferta. Me iré a la cama en breve, así que pronto se apagarán las luces. —Miré mi reloj—. ¿A las diez? Mañana también tenemos que madrugar.

Esas instrucciones eran más para Derek, y con una mirada hacia él mientras me alejaba, me dio otro asentimiento.

Limpié mi cabaña, no es que algo estuviera demasiado desordenado, pero viviendo en un espacio tan pequeño, todo tenía que estar en su lugar. Me lavé la cara y me cepillé los dientes, luego me puse los pantalones del pijama y la camiseta. Eran un poco cursis, dado que eran pijamas de hombre viejo con el logo de mi compañía grabado en el pecho.

Esperé a que se apagara la luz de Norah y luego la de Derek, sabiendo que no estaría muy lejos.

Mi estómago estaba lleno de mariposas y nudos. Una pequeña parte de mí quería que no apareciera, pero una parte más grande estaba inquieta, así que cuando hubo un suave golpe en la puerta, me sobresalté.

Abrí la puerta, y la pálida silueta de Derek a la luz de la luna lo hizo lucir inquietantemente hermoso.

Me hice a un lado y él entró, sin saber si sentarse o quedarse de pie. Se limpió las manos en los muslos y se lamió los labios.

—Toma asiento —le dije, señalando el sofá. Saqué el asiento de mi mesa para mí, pensando que la distancia, por pequeña que fuera, nos haría bien.

Se sentó y dejó escapar un largo y constante suspiro. Esperaba que no hablara o que hablara muy poco, como solía hacer. Pero él simplemente comenzó a hablar y, como una presa donde el peso del agua era demasiado para soportar, la pared se agrietó y las palabras se derramaron.

—Sabía que estabas aquí —dijo. Habló al suelo, a sus manos inquietas—. Hice un seguimiento de tus redes sociales. Seguí las pistas y encontré tu negocio. Suena espeluznante. Lo siento. Pero tenía que saber que estabas bien, y sabía que no querías hablar conmigo. Ya que podrías haber llamado...

—Tú también podías haber llamado —susurré.

Se estremeció y tomó una respiración inestable.

—No me ha ido muy bien desde que te fuiste. —Su barbilla se tambaleó un poco, pero sabía que necesitaba decir esto. Necesitaba sacar esto—. Quiero decir, yo tampoco estaba muy bien antes de que te fueras, y sé que la cagué. Te alejé. Acabo alejando a las personas. Es lo que hago, y estoy tratando de no hacerlo más. —Hizo una mueca—. Conseguí un trabajo en una oficina. Lo odio, pero paga las cuentas. Es sofocante y estresante, y todos los días sueño con irme. Te envidio por hacer lo que siempre soñaste hacer. Sé que te dije que eras tonto. —Negó con la cabeza—. Tenía miedo de perderte, y te perdí de todos modos. No podrías ser el que *me* dejara si yo te alejara primero. Debería haberte animado a hacer esto. Debería haberte dicho lo orgulloso que estaba de ti. —Su aliento tembló y sus ojos se encontraron con los míos. Cristalinos, húmedos, vulnerables—. Lamento mucho todo lo que dije. Todo lo que hice para lastimarte. No sé por qué vine. Necesitaba verte. Pensé que tal vez si te veía, me dirías que me fuera a la mierda o vería cómo habías seguido adelante sin mí, y tal vez entonces yo también podría seguir adelante.

Negó con la cabeza y una lágrima cayó por su mejilla.

—Pero yo... —Derek tragó saliva y levantó la mano, como si necesitara un minuto. Se recompuso—. Esto no es fácil para mí. Nada como esto es fácil para mí. No puedo hablar de esta mierda. Pero lo estoy intentando, Paul. Lo estoy intentando.

—Me doy cuenta —dije incapaz de hablar por encima de un susurro. Quería tocarlo, tomar su mano. Pero él necesitaba decir esto y, francamente, yo necesitaba escucharlo—. Tómate tu tiempo.

Asintió.

—Pensé que si venía aquí y veía que eras feliz, que tal vez tenías un nuevo novio, sería el cierre que necesitaba. Porque me he quedado atascado. No puedo seguir adelante. Ni de ti ni de lo que teníamos. De lo que tiré. He estado tan perdido. No sabía qué más hacer. —Se llevó la mano al corazón—. Pero entonces vine aquí, y te vi. Y me miraste y sonreíste.

Otra lágrima cayó por su rostro. La limpió.

—Tal vez sería más fácil si me odiaras —dijo llorando—. Podría entender eso. Podría lidiar con eso. —Luego se encogió de hombros—. Me lo merecería.

—No, no lo merecerías —murmuré—. Derek, lo que pasó entre nosotros no fue tu culpa. Los dos la jodimos.

—No debí haber dicho lo que dije.

—Y yo tampoco debería haberlo hecho —respondí—. Éramos jóvenes y sufríamos. Nuestras vidas estaban cambiando y no sabíamos cómo lidiar con eso. No te odio. No podría odiarte.

Su mirada se cruzó con la mía.

—¿No?

Negué con la cabeza.

—Nunca. —Respiré hondo, ahora era mi turno de hablar—. Quería montar mi propia empresa. Ahorré dinero, estudié negocios, tenía planes. Tú lo sabías. Hablamos de eso todo el tiempo.

Asintió.

—No tenía que significar nuestro fin. Solo significaba que las cosas cambiarían, y eso te asustó muchísimo.

Asintió, otra lágrima se le escapó.

—Estoy tratando de ser mejor. Quiero ser mejor.

—No es un defecto terrible —dije en voz baja—. Te conocía. Sabía que estabas enloqueciendo y todas esas cosas horribles que dijiste fueron solo clavos que pusiste para protegerte.

Hizo una mueca y comenzó a llorar.

—Lo siento mucho.

—Yo también lo siento, Derek. Pero no todo es culpa tuya. Podría haberme esforzado. Podría haberte dicho que sacaras la cabeza de tu culo. Podría haberte arrastrado hasta aquí. Te habrías quejado y enfadado, pero lo habrías hecho. Y hubiera sido duro. Y habríamos discutido en los primeros días. No fue fácil. Joder, todavía no es fácil. Pero lo hubiéramos conseguido.

Me miro confundido. Lo cual probablemente era justo, porque ni siquiera sabía lo que estaba diciendo.

—Ambos podríamos habernos esforzado más —dije—. Y lamento no haberlo hecho.

Él asintió entonces.

—Yo también.

Nos quedamos en silencio por un momento, dejando que el polvo de nuestro pasado se asentara a nuestro alrededor.

Él habló primero.

—No he salido con nadie más. Ni siquiera he mirado a otro hombre. Simplemente no podía. Nunca pude olvidarte. En mi mente, fuiste ese momento perfecto de mi vida con el que nada se comparará. —Logró esbozar una sonrisa triste—. Algo así como mirar una galaxia que murió hace un millón de años, pero aún podemos verla porque la luz aún no nos ha alcanzado. En retrospectiva, es espectacular y brillante. Pero en realidad, en tiempo real... —Su barbilla volvió a temblar—. Ya no está en el universo.

Dios, sus palabras... él siempre había tenido una manera poética con las palabras.

Me moría por tocarlo y, en contra de mi mejor juicio, fui y me senté a su lado y tomé su mano. Era cálida y fuerte, familiar pero nueva.

—No podemos cambiar lo que pasó. Las palabras que dijimos, la angustia. Lo hecho, hecho está. Pero me alegro de que estés aquí. Me alegro de que podamos hablar de lo que pasó. Por el bien de ambos. Para que ambos sigamos adelante.

—No quiero seguir adelante —susurró apretando su agarre en mi mano—. Quiero volver.

—Pero no podemos. Ya no somos esos dos chicos.

Negó con la cabeza, los ojos llenos de más lágrimas.

—¿Qué estás diciendo?

—Derek, ya no somos esos dos chicos jóvenes. Trabajábamos de noche detrás de un bar y soñábamos durante el día. Estábamos tan enamorados. Fuimos imprudentes con eso. Teníamos algo tan maravilloso, pero no entendíamos exactamente lo que teníamos. Y eso es exactamente lo que es el amor joven. Es lo que es el primer amor.

—Mi único amor —murmuró.

Sus palabras me lastimaron. La mirada de tristeza en su rostro me dolió.

—El mío también. Nunca he amado a nadie más. Ni antes, ni después. —Sostuve sus manos entre las mías—. Ojalá supiera las respuestas. Ojalá supiera cómo arreglar esto. Pero no sé lo que quieres, y no sé lo que puedo ofrecerte. Pero, Derek, no podemos volver atrás. No podemos volver a ser como solíamos ser, porque todo terminaría igual.

Estaba mirando en medio del espacio. En el suelo, en sus recuerdos, no estaba seguro. Apartó la mano y tragó saliva.

—Lo entiendo. Sí. Lo he entendido. Gracias —murmuró—. Por hablar conmigo esta noche. Fue bueno aclarar la situación. Y tal vez ahora pueda seguir adelante.

Espera un minuto...

—Derek, espera —le dije tal vez un poco más duramente de lo que pretendía.

Su mirada se dirigió a la mía, pero retrocedió un poco.

Este momento. Justo este, donde asume lo peor, se encierra como una almeja, en sí mismo... puaj. Es frustrante como el infierno.

Pero lo estaba intentando.

Y dijo lo que tenía en mente, y lo dijo bien. A pesar de que fue difícil para él.

Pude ver que lo estaba intentando.

—Derek, ¿qué quieres? —pregunté—. Dime, ahora mismo. ¿Para qué viniste aquí? Dame tu mejor posible escenario.

Negó con la cabeza.

—No sé. Simplemente no lo sé. Quería... —Se humedeció los labios y volvió a intentarlo—. Quería que no me odiaras. Quería que me perdonaras. Que me dijeras que todo estaba bien. Que me dijeras que tú...

—¿Decirte qué?

Hizo una mueca de nuevo, pero hombre, mis emociones estaban a flor de piel, mi paciencia estaba agotada.

—¿Querías que te dijera qué, Derek? Basta de no decir las cosas en voz alta. Ya no somos niños. Así que no más juegos infantiles. Somos adultos. —Maldita sea. Ahora estaba enfadado, y traté de mantener mi voz baja—. Tenemos que ser capaces de decirnos las cosas en voz alta. Entonces, dime. ¿Qué querías que te dijera?

—¡Quería que me dijeras que todavía me amabas!

Su estallido se hizo más fuerte por el silencio que siguió. Tomó aliento que sonó como un medio sollozo.

—Quería que me dijeras que nunca seguiste adelante. Como yo no lo hice. Quería que me dijeras que había un agujero en tu vida como lo había en la mía. Quería que me dijeras que todavía me amabas porque todavía estoy enamorado de ti. Traté de olvidarte, y pensé que me había inventado esta ilusión de quién eras, como si fueses un hombre perfecto, y esperaba llegar aquí y darme cuenta de que no era cierto. Posiblemente no podrías ser tan perfecto como recordaba, pero luego llegué aquí y... —Agitó su mano hacia mí, arriba y abajo—. Eres más perfecto de lo que recordaba.

Oh, vaya.

Bueno. No esperaba la palabra A... considerando que ni siquiera podía decírmela cuando estábamos juntos.

—Y eso ha hecho que todo sea mucho peor —añadió en voz baja—. Porque ahora lo sé. Ahora sé que eres todo lo que necesito, pero es demasiado tarde. —Dejó caer la cabeza hacia atrás, parpadeando y tratando de respirar a través de las lágrimas—. Lo lamento. No estoy acostumbrado a decir estas cosas en voz alta. Dios, duele.

Traté de estabilizar mi respiración. Mi corazón latía, me dolía.

No esperaba esto. No había esperado que apareciera, para nada. Y mucho menos que me abriera su corazón de una manera que nunca había podido. No había esperado que todavía me amara.

No había esperado dar la bienvenida a escucharlo. Me hizo feliz. Con cautela, tal vez incluso con escepticismo. Pero feliz, no obstante.

—¿Crees que podrías acostumbrarte a decirlo? —pregunté entrelazando sus dedos con los míos.

Me miró, la confusión mezclada con la esperanza en sus ojos oscuros.

—¿Qué?

—No sé cuáles son las respuestas, Derek. Pero verte aquí... —Negué con la cabeza lentamente—. Eres tan hermoso como siempre lo fuiste. Tan poéticamente torturado como siempre.

Hizo una mueca, mitad sonrisa, mitad dolor retorcido.

—Fuiste mi primer amor —admití en voz baja—. Nunca pude olvidarte. Pensaba en ti a menudo. Me preguntaba qué estabas haciendo, si habías seguido adelante.

Volvió a negar con la cabeza.

—No pude.

—Yo tampoco.

Su mirada se fijó en la mía.

—¿Paul?

—No estoy diciendo que sí. No digo que sepa lo que significa nada de esto, porque no lo sé. Pero estoy jodidamente feliz de que estés aquí. Esto ha despertado muchos recuerdos y emociones y no estoy seguro de qué hacer con ello. —Y esa era la pura verdad—. Pero no es un no. No sé qué es. Pero estoy interesado en averiguarlo.

Me miró con los ojos muy abiertos, incrédulos y llenos de lágrimas.

—¿Lo dices en serio?

Asentí.

—Va a haber algunos términos y condiciones. Como toda una maldita lista. Y vamos a empezar hablando. Conversaciones reales sobre lo que queremos y lo que esperamos.

Él asintió, pero otra lágrima escapó por su mejilla.

—Sólo quiero estar contigo. En cualquier capacidad, lo que sea necesario. —Se limpió la mejilla con el dorso de la mano—. Nunca he conocido la paz, excepto cuando estoy contigo.

Oh, hombre.

Me dolía el corazón por él. Puse mi mano en su mejilla.

—Derek, tu paz debe venir de aquí —dije deslizando mi mano hacia abajo para presionarla contra su pecho.

Frunció el ceño, toda su cara era una máscara de tristeza.

—Lo sé. Pero es más fácil cuando estoy contigo. Solo estar cerca de ti lo hace más fácil.

Quería besarlo. Tenía tantas ganas de presionar mis labios contra los suyos, de tomar incluso parte de sus pesares. Pero aún no estábamos allí.

Sus ojos buscaron los míos, como si estuviera buscando permiso.

Tomé su mano, y sosteniéndola entre las mías, me alejé unos centímetros, nuestras piernas ya no se tocaban.

—No quiero caer en malos hábitos. Sería tan fácil volver a caer en la cama, pero nunca hablaríamos de nada. Y hay muchas cosas que debemos resolver.

Él asintió e incluso sonrió un poco.

—Quiero contarte todo, pero no hay mucho que decir. He estado flotando en el agua desde que te fuiste. Apenas manteniendo mi cabeza fuera de la superficie.

—¿Venir a verme fue como un acto de hundirse o nadar?

La mirada de Derek se encontró con la mía, intensa y honesta. Asintió.

—Exactamente así. Tenía que intentar seguir adelante, excepto que no sabía cómo. Pensé que si pudiera verte... Si no eras tan perfecto como en mis recuerdos, o si estabas con alguien. —Se encogió de hombros—. Pero ahí estabas tú, siendo el mismo, pero diferente. Más sexi de lo que eras. No estoy seguro de cómo era posible porque siempre fuiste jodidamente sexi.

Solté una carcajada.

—Gracias.

—Pero estabas feliz —continuó sonriéndome—. Tú eras ese rayo de sol que había estado perdido. No he tenido nada más que cielos sombríos y... grises. Todo ha sido tan gris. Y tú... —Buscó mi rostro—. Estabas de pie junto a tu Cruiser con tu sexi atuendo de Steve Irwin como un jodido rayo de sol.

Me reí.

—¿Steve Irwin?

—Los caquis —respondió—. Me gustan, no me malinterpretes. Sin embargo, no estoy seguro del pijama.

Miré mi ropa.

—Oye, este es mi pijama profesional. Cuando empecé, vino una tormenta en medio de la noche y derribó una rama cerca de la tienda uno. Hubo un crujido poderoso y alguien gritó. Salí corriendo usando unos calzoncillos bóxer. Y ni una puntada más. No hace falta decir que al día siguiente pedí online unos pijamas profesionales. De esa manera, si tengo que salir corriendo en medio de la noche, estoy usando algo un poco más profesional.

—Prefiero los calzoncillos tipo bóxer —murmuró.

Conocía esa mirada que me estaba dando.

Me aclaré la garganta y apreté su mano.

—Y es por eso que tenemos que hablar. Por mucho que quiera besarte ahora mismo... —Negué con la cabeza—. No quiero cometer los mismos viejos errores.

Volvió a mirar al suelo y se mordió el labio inferior durante un rato.

—¿Qué quieres saber? Te lo diré todo. Prácticamente he recapitulado los últimos cinco años. No hice nada. No vi a nadie. Mi padre está de nuevo en la cárcel, así que eso es algo nuevo, supongo. Bueno, no nuevo. Pero sabes a lo que me refiero. Alquilo un apartamento de una habitación en la ciudad. Está bien, nada grande.

Realmente no me refería a ese tipo de cosas, pero me alegraba que me lo dijera.

—Lo siento por tu padre.

—Yo no.

Yo tampoco.

—Tengo algo de dinero ahorrado —dijo encogiéndose de hombros—. No salgo y no bebo, así que todo lo que gano se queda en mi cuenta. Compré el nuevo telescopio. Y poco más. No hay nada más que contar. No estaba mintiendo cuando dije que estaba atascado, Paul. Atascado. Flotando en el agua, sin llegar a ninguna orilla.

Tomé una respiración profunda y exhalé lentamente.

—¿Y qué quieres hacer ahora?

Su mirada se cruzó con la mía.

—Quiero estar contigo.

—Pero ¿cómo?

—No sé.

—¿Dónde vivirás? ¿Qué tal tu trabajo? ¿Y tu apartamento en Darwin?

Derek negó con la cabeza.

—No lo sé —susurró.

—¿Estás hablando de tener citas otra vez? ¿O solo amigos?

—No lo sé —dijo más desesperado esta vez—. Lo que quiero es a ti. Lo que teníamos. Novios, amantes, vivir juntos. Mataría por eso. Pero tomaré lo que pueda conseguir. Y eso suena lamentable, lo sé, pero ¿sabes qué? Ahí es donde estoy. Necesitaba decirte que lo siento y suplicar y humillarme si era necesario.

Soltando su mano, aparté un mechón de cabello de su frente.

—No necesitas rogar. Me alegra que estés aquí. Lo dije en serio cuando dije eso. Lamento cómo terminaron las cosas entre nosotros. Simplemente éramos jóvenes y testarudos, y demasiado orgullosos para admitir lo que necesitábamos. Pero ahora somos mayores. Me gustaría pensar que lo sabemos mejor.

Asintió rápidamente, pero había una pizca de miedo e incertidumbre en sus ojos.

—No sé cómo hacer que funcione, como dijiste. Logísticamente, no tengo ni idea. No vine aquí con un plan. Para ser honesto, esperaba que te rieras de mí y me dijeras que me fuera a la mierda.

Empujé mi hombro contra el suyo y me reí.

—Me alegré de que fueras tú y no otro Derek Grimes en mi lista de visitantes. Quería que fueras tú.

Sus ojos buscaron los míos, una sonrisa tiró de la comisura de sus labios.

—¿Y estás dispuesto a averiguarlo? ¿En serio?

—Estoy dispuesto.

Su sonrisa fue impresionante.

—Pero —le advertí—, las cosas serán diferentes esta vez. Tienen que serlo.

Asintió.

—Lo sé.

Luego miró mi boca y se lamió los labios.

Me reí y me puse de pie.

—Ah, sí. —Caminé hacia la puerta y dejé escapar un fuerte suspiro—. Creo que mencioné tomar las cosas con calma un par de veces, y que me mires así no ayuda.

Con las manos en las rodillas, se puso de pie lentamente, con una sonrisa en los labios.

—¿Mirándote cómo?

—Lo sabes muy bien. —Le abrí la puerta—. Buenas noches, Derek.

Hizo un puchero, pero era juguetón y tímido. Caminó hacia la puerta, parándose más cerca de mí de lo que debía.

—Buenas noches —murmuró, su voz baja y áspera.

Lo agarré del brazo, impidiéndole salir. Lo acerqué más, nuestros cuerpos presionándose juntos. Miré sus labios, sus hermosos labios sonrientes, luego sus ojos. Estaban oscuros y arremolinados con un calor familiar y súplicas.

Y todo el permiso que necesitaba.

Deslicé mi mano alrededor de la parte posterior de su cuello y lo atraje para besarlo. Tenía una barba de dos días y sus labios estaban suaves, abiertos y burlones, pero fue sin lengua, sin saborearnos.

Gruñó, y cuando me eché hacia atrás y puse algo de distancia entre nosotros, gimió.

—Nos vemos en la mañana —dije, mi voz me traicionó.

Puso su mano en mi pecho. Seguramente podía sentir mi corazón latiendo contra mi esternón, y por su sonrisa, tal vez lo hizo.

—Gracias, Paul.

A LA MAÑANA SIGUIENTE, era un poco más tarde de lo que me hubiera gustado. Apenas había dormido. Mi mente seguía reproduciendo el beso, sus ojos, su sonrisa.

Fue un esfuerzo físico y emocional lograr que saliera de mi cabaña anoche. Pero había sido lo correcto.

Por mucho que mi cuerpo no estuviera de acuerdo, mi corazón y mi cerebro estaban a cargo esta vez.

El desayuno fue un poco apresurado, no es que Marit o Kari se dieran cuenta, y Norah tampoco. Pero Derek se coló en la cocina común y se acercó al fregadero, metiendo las manos en el agua y quitándome de en medio.

—Voy a terminar de lavar —dijo—. Pareces un poco agotado esta mañana.

Le habría gruñido si no tuviera razón. De hecho, aprecié su ayuda.

—Me levanté un poco adormecido de la cama esta mañana —admití—. No dormí muy bien.

Su mirada se dirigió hacia la mía.

—¿Oh? ¿De buena o mala manera? No como falta de sueño por "tener dudas".

—No. —Ignoré el calor en mis mejillas—. Más del tipo de no poder sacar a alguien de mi mente.

Levantó una ceja, sonriendo, justo cuando entraba Marit.

—¿Puedo ayudar en algo?

—No, está bien —dije rápidamente—. Estaba a punto de cargar el Cruiser.

—Oh, puedo ayudar con eso. —Decidió que me ayudaría, me gustara o no. Así que le pedí que me ayudara, y muy pronto estábamos en camino para la aventura de nuestro día.

Era mucha caminata y, aunque en su mayor parte era plano, todavía estaba húmedo. Acercándonos, se podían escuchar las cascadas y el río, y aumentaba la emoción. Tan pronto como todos caminaron hacia el claro y vieron el increíble paisaje, pronto se olvidaron de lo larga y calurosa que fue la caminata. Sin embargo, las cascadas hicieron que valiera la pena.

Era uno de mis lugares favoritos.

Derek parecía sonreír un poco más hoy, y estuvo más cerca de mí. Incluso me ayudó a llevar cosas.

También se metió en el agua con Norah para darse un chapuzón final antes de regresar. La caminata de regreso al Cruiser nunca era tan divertida como la caminata a las cascadas. Todos estaban cansados, el sol de la tarde calentaba, el aire se volvía húmedo.

Una tormenta se avecinaba en Kakadu. No como las tormentas eléctricas de verano, pero las nubes eran oscuras, el aire denso.

Cuando regresamos al campamento, todos optaron por refrescarse con una ducha fría, así que saqué las sillas de camping y las acomodé en el borde del acantilado. Serví queso y galletas saladas con uvas y zumo, y deliberadamente puse el telescopio de Derek junto a mi silla para que se sentara a mi lado. Cuando salió, lo vio y me sonrió de una manera que hizo que mi corazón latiera contra mis costillas.

Su húmedo cabello oscuro colgaba sobre sus ojos, su piel bronceada del color de la miel en la tormentosa puesta de sol.

Quería arrastrar mis dientes por la parte posterior de su cuello. Quería probar su piel, ver si era tan deliciosa como olía...

—Sí, por supuesto —dijo Derek. Entonces me di cuenta de que mi mente había estado en la cuneta y me había perdido la conversación. Sacó su telescopio y fijó la vista en el horizonte, luego todos se turnaron para mirar los árboles y los humedales que alfombraban la escena ante nosotros.

La tormenta cubrió el horizonte, nubes oscuras de color púrpura y naranja con destellos de relámpagos y podíamos oler los aguaceros en la distancia.

Era una vista increíble.

Era un momento mágico.

Preparé nuestra cena de barbacoa, y los cinco nos quedamos allí en nuestras sillas de camping observando el mundo hasta mucho después de que se puso el sol.

Derek compartió su telescopio y su conocimiento de las estrellas encima de nosotros hasta que Norah se acostó primero, seguida poco después por Marit y Kari.

—Entonces, somos solo nosotros —susurró.

—Parece que sí.

Él suspiró.

—Es fácil ver por qué vives aquí. Esto —murmuró

asintiendo a la oscuridad que ahora se extendía ante nosotros. Luego hizo un gesto hacia el campamento—. ¿Y esto?

—Es bastante sorprendente, ¿no?

—Sí.

Volvió a estar en silencio durante un rato. Algunos grillos cantaban y un halcón gañía en algún lugar no muy lejano. Volvió su mirada hacia mí, una sonrisa pacífica en su rostro.

—Me preguntaste qué quería. Sólo esto; tú y yo, y nada más. Eso es lo que quiero.

Era un bonito sueño.

Pero la realidad y las finanzas probablemente no estarían de acuerdo.

Pareció leer mi mente.

—No sé cómo hacer que suceda. Pero esto es lo que quiero.

Extendí la mano y apreté su mano.

—Si lo deseas lo suficiente, encontrarás la manera.

—Sí —dijo levantándose—. Me voy a dormir. Te veré en la mañana.

Fue tan abrupto y breve que me tomó por sorpresa.

—Sí, genial —le dije a su espalda. Ya estaba a medio camino de su tienda.

Saltó a su terraza, abrió la puerta y se detuvo.

—Ah, ¿Paul? —gritó.

Me levanté y salí de mi silla y estaba justo detrás de él en un segundo. Mi primer pensamiento fue una serpiente...

Tenía agua saliendo de su baño y sobre su cama.

Entré corriendo y cerré el agua. La válvula de la ducha

estaba cerrada y el grifo del lavabo se había girado delibe-radamente en el ángulo perfecto para rociar su cama.

Le lancé una mirada sucia.

—¿Derek?

—Oh, no —dijo rotundamente—. Mi cama está toda mojada. Parece que tendré que dormir en la cama de otra persona... —Se encogió de hombros—. Dime, ¿en la tuya, tal vez?

CAPÍTULO SEIS

DEREK

¿SABOTEÉ MI CAMA? Sí.

¿Lo lamentaba?

Ni un poco.

Paul estaba un poco enfadado, y debería haberme sentido mal por eso, pero dejé mi mochila en el suelo de su habitación y le sonreí.

—Oh, no. Solo hay una cama.

Él estaba tratando de no sonreír.

—Hiciste eso deliberadamente.

—No sé de qué estás hablando.

Levantó una ceja.

—Derek.

—Dijiste que necesitaba poner en marcha un plan. Así que lo hice. Dijiste que necesitaba ser más honesto sobre lo que quiero y cómo me siento. Y lo he hecho.

—Con palabras.

—Estamos hablando, ¿no?

Suspiró y se pasó la mano por el pelo. —

Debería hacerte dormir en el sofá.

Miré el sofá.

—Quiero decir, lo haré si quieres que lo haga... —Entonces lo miré—. Pero tú no quieres que lo haga. La forma en que me besaste anoche... Tenía que hacer algo.

Su mirada se entrecerró, tratando de estar enfadado conmigo, pero cuando me reí, puso los ojos en blanco y suspiró.

—Todavía tenemos que hablar.

—Hay que hablar. En la cama.

Volvió a poner los ojos en blanco.

—Derek, nosotros...

—Lo digo en serio. Solo hablar. No quiero que te enfades conmigo por hacer lo que hice, pero tenemos un tiempo limitado a solas juntos, y no quiero irme de aquí en unos días con cosas sin resolver.

Me miró.

—¿De verdad solo quieres hablar?

—Sí. Si eso es lo que tenemos que hacer, entonces sí.

Se mostró escéptico, o probablemente no me creyó, y no podía culparlo. Nuestra vida sexual anterior siempre había sido caliente y eléctrica, y yo solía ser quien la instigaba. El sexo era más fácil que lidiar con responsabilidades, emociones y demás complicaciones.

Esta vez sería diferente.

Tenía que serlo.

—Si tengo una segunda oportunidad —dije en voz baja—, entonces haré todo lo que esté a mi alcance para no echarlo a perder. Quise decir lo que dije antes, Paul. Hablo en serio acerca de tratar de hacer lo correcto.

—¿Y dices que obligarte a ir a mi cama es lo correcto?

Me quité la camiseta.

—Dije que estaba tratando de hacer lo correcto. Pero sigo siendo yo.

Se comió mi pecho con los ojos por un momento, luego volvió a mirarme a la cara. Cogió su pijama, fue al baño y cerró la puerta. Cuando salió, yo estaba en su cama.

—Me fijé en el libro que está al lado de tu cama, todavía duermes en el lado derecho.

Trató de mirarme mal, pero con otro largo suspiro, caminó a su lado y retiró la sábana.

—Aún estoy enfadado contigo.

Me acurruqué y, frente a él, crucé mi brazo debajo de mi cabeza y sonreí.

—Sigues siendo sexi cuando estás enfadado.

Hizo caso omiso del comentario, apagó las luces, se metió en la cama y se cubrió con la sábana hasta la cintura. Miró al techo por unos momentos, luego se giró de lado para mirarme.

—Tu cabello está más largo.

—No deliberadamente —dije encogiéndome de hombros—. Simplemente dejé de preocuparme por muchas cosas.

Se estiró, y con el más suave de los toques, apartó un mechón de cabello de mis ojos.

—Me gusta —murmuró—. Y los tatuajes.

Estudié sus ojos e, incluso en la oscuridad, pude ver la honestidad devolviéndome la mirada. Claro, era difícil decir estas cosas en voz alta, pero podía confiar en él. Siempre había podido confiar en él. Y estaba a salvo con él.

—He estado tratando de llenar el vacío, ¿sabes? Tratando de encontrar algo para llenar el agujero en mi vida. Los tatuajes parecían una buena idea. Me encantan los que tengo, pero... —Suspiré—. La satisfacción fue solo temporal.

Deslizó su mano sobre la mía.

—Lamento que lo hayas tenido difícil.

—¿Acaso tú no? —Era una pregunta estúpida, pero tenía que saber la respuesta—. ¿No luchaste contra nada?

—Por supuesto que sí. Estaba destrozado. Estaba ocupado, lo que ayudó. Y me encantó poder canalizar mi energía para preparar todo esto. Me llevó un tiempo... —Él frunció el ceño—. Las noches eran las peores. La soledad, la tranquilidad y la lejanía me hicieron preguntarme si tenías razón. Si estaba loco por tirar todo por la borda y perseguir un sueño.

Me estremecí.

—Lamento haber dicho eso. Y sabes que no era cierto. —Entrelacé nuestros dedos—. Estaba asustado, para decirlo sin rodeos. Querías seguir adelante y dejarme atrás. Solo necesitaba lastimarte como me sentía lastimado. Fue infantil, y lamento cada palabra que dije.

—Nunca quise dejarte atrás. Te pedí que vinieras conmigo. Mi plan era que tú y yo hiciéramos esto. —Presionó sus labios juntos—. Pero tú no lo querías.

Solté su mano y giré sobre mi espalda. Decirle esto al techo en lugar de mirarlo a los ojos era mucho más fácil.

—Estaba asustado. Tenía miedo al cambio. Tenía miedo a lo desconocido. Al fracaso. Y tú sabes por qué. Al crecer con mi padre... toda mi vida era incierta. —Tragué el nudo en mi garganta—. Y luego te conocí, y tuve las primeras cosas permanentes en mi vida. Un trabajo, comida, una casa.

—Oye —dijo Paul alcanzando mi mano de nuevo—. Mírame.

Esperó a que mis ojos se encontraran con los suyos.

—Lo sé. Es por lo que nunca te culpé. —Negó con la cabeza, la tristeza grabada en su rostro. Ni siquiera la oscuridad podía ocultarlo—. Me culpé a mí. La jodí porque no me esforcé lo suficiente. Debería haber luchado más duro para demostrártelo, para probártelo.

Me volví a poner de costado para mirarlo correctamente, nuestras rodillas chocando.

—No fue tu culpa.

Él suspiró.

—No. tampoco la tuya. Solo éramos jóvenes, como te dije. Eso es todo. No sabíamos cómo manejarlo. No hablábamos lo suficiente. Debería haberte dicho todos los días que te amaba, que valías la pena.

Las lágrimas ardieron en mis ojos.

—Yo debería... yo no... —Dejé escapar un suspiro entrecortado—. Debería habértelo dicho también.

Él sonrió, la luz plateada de la luna delineando su rostro.

—No es demasiado tarde para nosotros. Verte de nuevo, tenerte aquí conmigo, es como si no hubiera pasado el tiempo, Derek. Y estaría mintiendo si dijera que eso no me asustó.

—Quiero que sea como antes. Quiero eso contigo —susurré—. Pero estás en lo correcto. Las cosas tienen que ser diferentes esta vez. Necesito ser mejor esta vez. Tengo que decir las cosas en voz alta.

Se rio cálidamente. Soñolientamente.

—Y también necesito ser mejor. —Puso su mano en mi mejilla. Su mano áspera y cálida se sentía divina. Me acarició la mejilla con el pulgar y luego me acercó para besarme suavemente—. Buenas noches, Derek.

—Buenas noches, Paul. No lamento lo de mi cama.

No abrió los ojos, pero sonrió.

Y lo vi dormir. Casi asustado de cerrar los ojos en caso de que todo esto fuera un sueño estúpido.

¿Podría haber sido tan fácil?

No fue fácil, Derek. Te peleaste contigo mismo durante un año para hacer esto. Luchaste cada minuto de cada día.

Pero dijo que me quiere de vuelta. Así de sencillo.

Sí, es gracioso lo que sucede cuando decides ser un adulto y decir cómo te sientes.

Suspiré, sabiendo que no tenía sentido seguir discutiendo conmigo mismo. Pensar demasiado y cerrarme a mí mismo para excluir todo lo demás me ayudó a pasar la mayor parte de mi infancia. Y me había servido bien. Pero eso fue antes de Paul. Eso fue antes de encontrar el amor verdadero, de encontrar a alguien que cree que valgo la pena.

Ya no necesitaba protegerme.

Tenía que abrirme, por aterrador que pudiera ser, y dejarlo entrar.

Correctamente esta vez.

Esta vez, para siempre.

Observándolo, estudiando las líneas de su rostro en la oscuridad, supe que estaba profundamente dormido. Así que me acurruqué un poco más cerca, y aún más cerca, hasta que su brazo se deslizó a mí alrededor y me atrajo hacia sí. Con mi cabeza en su pecho, sus brazos a mi alrededor, estaba lo más seguro que me había sentido en años.

Sonreí en su cuello, cerré los ojos y lo respiré.

Dormí como un bebé.

ME DESPERTÉ con un golpe en el culo.

—Tienes que levantarte —dijo Paul.

Abrí un ojo. Estaba bañado y vestido, y yo estaba acostado en su cama, abrazando su almohada en lugar de a él. Gemí.

—Mmm.

—Las demás se despertarán pronto. Empezaré el desayuno temprano. Hoy tenemos un día ajetreado.

Volví a gemir, me di la vuelta y aparté la sábana con la pierna. Su mirada fue directamente a mi erección matutina. Él gruñó y yo me reí entre dientes, todavía medio dormido.

—No me culpes. Estaba teniendo un muy buen sueño y abrazando tu almohada que huele mucho a ti.

Pareció atrapado por un segundo, como si su cerebro estuviera fallando. Quería quedarse, pero sabía que tenía que marcharse.

—Estaré… cocinando el desayuno.

—Me masturbaré en tu ducha.

Tropezó con sus propios pies, se tambaleó a través de la puerta, pero siguió caminando, refunfuñando mientras se iba.

Me reí y salí de la cama.

Con toda seriedad, tenía un trabajo que hacer. Y

también, con toda seriedad, me masturbé en su ducha, imaginando que mi mano y el agua tibia y jabonosa eran su boca. Solo necesité unas pocas caricias y una imaginación muy vívida, una repetición de algunos de mis recuerdos favoritos y el recuerdo de sus brazos rodeándome anoche.

Fue una ducha bastante rápida.

Me vestí, con la esperanza de escabullirme de su tienda sin que nadie me viera. Di un paso fuera de la puerta y Marit y Kari se detuvieron en seco camino a la cocina común. Kari le dio un codazo a Marit, y Marit sonrió como si sus sospechas fueran ciertas.

—Buenos días —dije alegremente. Entonces le grité a Paul—. Yo, eh, no pude encontrar la... cosa.

Paul levantó la vista del hornillo.

—¿Qué? —Luego, al ver a las dos chicas, me lanzó una mirada salvaje, su rostro enrojecido—. Ah. Bueno. Gracias.

Éramos pésimos actores.

Me dirigí directamente a mi tienda para evitar conversaciones incómodas y también para evaluar el daño.

No era tan malo. Solo un poco de agua. Habíamos tirado toallas al suelo anoche, así que dejé esas toallas en el baño por ahora. Pero la cama... bueno, estaba mojada.

Saqué la ropa de cama y levanté el colchón, llevándolo a la terraza delantera.

Marit y Kari estaban claramente sorprendidas, y Norah se puso de pie.

—¡Oh! ¿qué paso?

—Mi cama se mojó —le expliqué—. No es gran cosa.

Marit ladeó la cabeza.

—¿Mojaste la cama? —La barrera del idioma no era vergonzosa en absoluto.

—No, no —dije ignorando la sonrisa en el rostro de Paul—. No mojado así. El grifo y la válvula en el baño... —Hice la acción de palanca que hizo Marit el otro día para que ella entendiera—. No es grave.

—Oh, ¿dónde dormirás esta noche? —preguntó Norah.

—Paul tiene una cama libre. Está bien —dije con desdén, esperando que lo dejaran pasar.

Por las sonrisas de Marit y Kari, creo que podría haber sido demasiado tarde de todos modos.

—El desayuno está listo —dijo Paul demasiado alto. Me dio una mirada de "por favor cállate" antes de dirigir su sonrisa a sus visitantes.

El desayuno estuvo genial. De vuelta en casa, habría tenido la suerte de tomarme un café para desayunar camino al trabajo, pero aquí fuera, levantarme con el sol y tomar un desayuno completo, luego hacer actividades todo el día, al aire libre, en medio de la naturaleza... bueno, era estimulante.

Me sentía como una persona diferente.

Estar con Paul y aclarar nuestro pasado ciertamente tenía algo que ver con eso. Pero estar aquí, rodeado de sol y naturaleza... era algo a lo que podía acostumbrarme, eso seguro.

Paul dijo que necesitaba un plan.

Si íbamos a avanzar, necesitaba encontrar una forma sostenible de hacerlo.

Para ganar dinero, para pagar mis gastos, para ayudarlo.

Si lo quería lo suficiente, encontraría una manera.

Y yo lo quería. Era todo lo que quería.

—¿Estás bien? —me preguntó Paul en voz baja. Comenzamos nuestro día de aventura, esta vez admiraríamos el arte rupestre indígena, y nos estábamos preparando para caminar hasta el sitio—. Has estado un poco callado. En el desayuno, en el camino hasta aquí.

Saqué la mochila de la parte trasera del Cruiser.

—Sólo pensaba.

—¿Acerca de?

—Sobre hacer que esto suceda —dije levantando todo el peso de su mochila—. Cristo, esto es pesado. ¿Estás entrenando para las Fuerzas Especiales?

Rio.

—No exactamente.

—Oye date la vuelta. —Le ayudé a ponerse la mochila —. ¿Quieres que saque algo de aquí? Podría reducir a la mitad tu peso de carga.

Movió la bolsa en su espalda hasta que estuvo cómodo.

—No, lo tengo. Ya estoy acostumbrado.

Es decir, ciertamente explicaba su físico. Acarrear una bolsa de equipo de veinticinco kilos a través de la maleza, escalar rocas y subir y bajar terreno accidentado no era poco esfuerzo.

Le di la vuelta, sin darle realmente una opción. Desabroché su mochila y saqué el botiquín de primeros auxilios y los dos primeros recipientes isotérmicos de comida. No era mucho, unos cinco o seis kilos como mucho. Pero seguramente tenía que ayudar.

—Si tuviera una mochila más grande —dije colocándolos en mi mochila.

Paul trató de estar molesto, pero cedió en una sonrisa.

—Gracias.

Comenzamos la caminata, Paul al frente, luego Marit, Kari y Norah, entonces yo. Estaba aumentando la temperatura, siendo cálido el día, y esta caminata era toda entre matorral. No había árboles, ni dosel para dar sombra. Nos detuvimos un par de veces para beber agua, y una vez que Paul se detuvo, levantó la mano como un infante de marina y señaló a su derecha.

Había dos walabíes a unos veinte metros de distancia. Marit y Kari estaban muy emocionadas y lograron tomar algunas fotos antes de que los walabíes se fueran. Más adelante había un varano enorme, de unos dos metros de largo desde la nariz hasta la punta de la cola. Marit, Kari y Norah *no* estaban emocionadas de ver eso.

Paul extendió el brazo como si estuviera conteniéndolo y todos suspiramos de alivio cuando se perdió entre los matorrales.

Era tan jodidamente increíble.

Mejor que mi trabajo de oficina chupa-almas. Todos los días era como el purgatorio, y podía patearme por haber pensado que Paul estaba loco por querer hacer esto.

Me preguntaba si podría hacerlo con él.

Me preguntaba si él pensaría que era una buena idea.

Incluso si ese fuera mi Plan A, todavía necesitaría un Plan B, C y D.

Necesitaría contingencias para demostrarle que hablaba en serio, que lo había pensado bien. Que había agotado todas las opciones posibles antes de tener que irme en dos días.

Dos días.

Dios. No estaba listo para despedirme de nuevo.

Incluso si no era permanente, incluso sabiendo que lo volvería a ver pronto, no era suficiente.

No quería irme en dos días.

El destino del día era la zona de un arte rupestre indígena. Había una cara de roca escarpada y árboles que brindaban una sombra muy apreciada, un saliente impresionante, un mirador y una cueva que era más una hendidura en la antigua arenisca, todo salpicado de arte rupestre. Había caminos de madera para proteger el suelo, y el arte rupestre en sí estaba cercado para evitar que la gente intentara tocarlo.

Era sagrado, hermoso y absolutamente asombroso pensar que tenía más de decenas de miles de años.

Nos tomamos un momento para sentarnos a la sombra y asimilarlo todo.

—Esto es muy tranquilo —reflexioné. Norah asintió y Paul me dedicó una pequeña sonrisa de aprobación.

—Hay mucha paz. Las personas de las Primeras Naciones, las personas que hablan gundjeihmi, llaman a este lugar Burrunggui —dijo Paul—. Y según los propietarios tradicionales, esto fue moldeado por seres ancestrales en el período de creación del Ensueño. Se reunían aquí, preparaban comida y celebraban ceremonias. Tiene un significado notable.

—Puedo ver por qué.

Eso era cierto. Había una paz aquí que era difícil de explicar.

Kari dijo algo en noruego y Marit se lo tradujo.

—Ella dijo que se siente como si la tierra y el corazón estuvieran felices aquí —dijo Marit.

La miré porque así era exactamente como se sentía. Asentí, luchando por encontrar mi voz.

—Así es como se siente para mí también.

Podía sentir a Paul mirándome, y cuando fui lo suficientemente valiente como para mirarlo a los ojos, sonrió. Una sonrisa suave y privada que consolidó algo en mí.

Sí.

No me iría en dos días.

ME ALEGRÉ de volver al campamento. El final de la tarde era cálido y húmedo, la vista del valle de abajo brillaba con el calor creciente. Las nubes volvieron a aparecer para un chubasco al final de la tarde, una señal segura de que el verano estaba en camino.

No estaba en la distancia esta vez. Estaba justo sobre nosotros.

Me las arreglé para volver a poner mi colchón en mi tienda antes de que llegara la tormenta. No tenía intención de dormir sobre él, pero no quería que se arruinara. Marit, Kari y Norah estaban todas en sus tiendas, esperando que lloviera.

Corrí hacia la cocina común cuando los cielos se abrieron y me empapé antes de llegar.

Me reí, mis brazos extendidos, el agua goteando de mí, mi cabello pegado a mi frente.

—Joder. Siento que salí del océano.

Paul sonrió y me tiró un paño de cocina para secarme.

Sacudí la cabeza como un perro y me sequé la cara con

palmaditas, y él seguía mirándome, con los ojos llenos de calor y deseo.

—Probablemente deberías quitarte esa ropa mojada —dijo sobre el sonido de la lluvia en el techo.

—¿Quieres ayudarme con eso?

—Joder, sí —respondió.

Pero se oyó una carcajada en el camino y nos volvimos para ver a Marit y Kari corriendo bajo la lluvia, descalzas, todavía con sus pantalones cortos y sus camisetas sin mangas. Se reían y bailaban, y luego Norah se quitó las sandalias y se les unió.

No pude evitar reírme, así que me quité los zapatos y los calcetines.

—Quítate las botas —le dije a Paul antes de correr hacia la lluvia torrencial. Ya estaba mojado, así que no fue gran cosa.

Pero si alguna vez iba a tener la oportunidad de bailar descalzo bajo la lluvia en medio de Kakadu, la aprovecharía.

Me sorprendió cuando Paul se unió a nosotros. No pensé que lo haría. Pero lo hizo. Completamente descalzo y tan empapado como el resto de nosotros.

En la luz del atardecer que se desvanecía, en el borde del acantilado que dominaba los humedales, reímos y bailamos. Libres, sin una preocupación en el mundo.

Probablemente pareceríamos locos, pero sería uno de mis mejores recuerdos.

Y después, cuando la lluvia se disipó, nos sentamos en las sillas con vistas al mundo oscuro debajo de nosotros. Sin hablar, solo empapándonos de todo.

Había sido un gran día. Uno de los mejores días de mi vida, si era sincero.

Porque me había decidido. Me quedaría aquí. No le había dicho eso a Paul todavía. Todavía no había resuelto los detalles más delicados, pero tenía un plan en marcha.

Sólo tenía que subirlo a bordo.

Y por la forma en que lo atrapé sonriéndome un par de veces, la forma en que envió una ráfaga de calidez a través de mí, la chispa entre nosotros lista para encenderse, tenía la sensación de que no le importaría.

CAPÍTULO SIETE

PAUL

ME DIJE a mí mismo y le dije a Derek que *solo* necesitábamos hablar, sabiendo que volver a la cama, volver a los viejos hábitos, no sería bueno para nosotros.

Pero estaba bastante seguro de que iba a acabar con eso esta noche.

Verlo reír bajo la lluvia, la forma en que su cabello se le pegaba a la frente, alrededor de la nuca, ver la felicidad en su rostro…

No había vuelta atrás.

Y habíamos hablado. Y necesitaríamos continuar comunicándonos como lo habíamos estado haciendo.

Pero esta noche iba a terminar en orgasmos.

Podía sentirlo en mi sangre.

Había sido un día largo, ocupado por una larga y ardua caminata en condiciones cálidas y húmedas, por lo que no me sorprendió cuando Norah se acostó temprano en la noche, y Marit y Kari pronto la siguieron.

Derek estaba lavando platos en la cocina común mientras yo limpiaba la parrilla. Le dije que no tenía que hacer eso, pero puso los ojos en blanco y lo hizo de todos modos. Así que me puse a raspar la parrilla y, cuando terminé, le entregué el raspador para que lo lavara.

Todos los demás se habían ido, el campamento estaba oscuro. Estábamos solos, y me arriesgué a pasar una mano lentamente a través de su espalda baja.

—Gracias por ayudarme—dije.

Terminó y tiró del tapón del fregadero.

—De nada. —Se quedó dónde estaba, giró la cabeza—. ¿Paul?

—Sí —respondí, deteniéndome lo suficientemente cerca para sentir el calor de su cuerpo.

—No voy a dormir en mi tienda esta noche —susurró.

Sonreí y dejé caer mi frente en su hombro.

—Bien.

—Y sé que dijiste que solo deberíamos hablar, pero...

—Te deseo —murmuré—. Desde que desperté a tu lado esta mañana. Durante el sendero, todo el día. Al verte en la parada de arte rupestre, cómo entendiste lo que significaba el lugar. Luego bailando bajo la lluvia. Derek...

Entonces se giró, sus ojos oscuros eran estanques de fuego negro.

—Paul —dijo, su voz áspera—. Vamos.

Se fue tan rápido que casi me caigo hacia delante. Pero con una sonrisa, apagué la luz de la cocina y lo seguí a mi cabaña.

Su camisa ya estaba en el suelo y se detuvo con los pantalones cortos casi abajo de su trasero. Sus ojos se encontraron con los míos.

—¿Sí?

—Joder, sí.

Ahora no había forma de parar. Ninguna razón o lógica iba a convencer a mi cuerpo de no hacer esto. Mi sangre estaba en llamas, mis bolas estaban llenas y pesadas, mi polla ya estaba dura.

No había tenido sexo en tanto tiempo.

Me quedé allí, tan hipnotizado viendo la magia de él desnudándose, que me olvidé de mi propia ropa. Cuando estuvo completamente desnudo, su largo y delgado cuerpo pálido en la oscuridad, sonrió.

—¿Ves algo que te guste?

Asentí, las palabras me fallaban.

Se rio y se acercó a mí, desabrochándome la camisa.

—Oh —dije comenzando a ayudarlo.

Dejó la camisa para mí y me desabrochó los pantalones cortos, gimiendo cuando descubrió lo duro que estaba.

—Joder, he extrañado esto —dijo palmeándome.

Siseé.

—Ha pasado mucho tiempo —le dije—. No he... desde que tú...

Su nariz casi tocaba la mía, su mirada intensa.

—Yo tampoco. —Se lamió los labios—. Sé que probablemente deberíamos abrirnos camino hacia un territorio familiar, comenzar despacio —susurró—. Pero realmente quiero que me folles. Quiero recordar. Te quiero dentro de mí, donde perteneces.

Mis rodillas casi se doblan. Entonces recordé. *Joder.*

—No tengo nada...

No estaba bromeando cuando dije que ni siquiera había mirado a nadie desde él.

Él sonrió y fue a su bolso. Sacó una botella de lubricante y la arrojó sobre la cama. Yo estaba confundido.

—Pensé que habías dicho que no lo habías hecho…

Se mordió el labio inferior.

—No he tenido sexo con nadie, pero me masturbo mucho. —Se dio una caricia larga y lenta, girando su mano sobre la cabeza de su polla.

El calor se acumuló en mi vientre y mi polla se contrajo.

—Súbete a la cama.

Sonrió y, lentamente fue al centro de mi cama. Le di una toalla, la extendió, luego tomó su almohada y se la puso debajo de las caderas mientras se acostaba.

Tan familiar, como si hubiéramos hecho esto ayer. Como si no hubieran pasado cinco años.

Estiró la espalda como un gato, levantando el culo en el aire y comenzó a masturbarse.

—Me lo imaginé mil veces —gimió—. Recordé cada vez, la sensación de ti dentro de mí. Me corrí con cada pensamiento.

Dejé escapar una bocanada de aire. Creería que dejé de respirar por un minuto.

—Cristo, Derek —murmuré—. Esto va a terminar antes de que comience.

Levantó su trasero más alto y sonrió en el colchón.

—Entonces deja de perder el tiempo.

Me quité los calzoncillos y me arrastré sobre la cama detrás de él, pasando mi mano por su culo y la parte baja de su espalda. Gimió ante el toque, arqueando la espalda aún más, la mano en su polla trabajando más rápido.

Dios, ya estaba tan duro. Esto realmente iba a terminar antes de que comenzara.

Vertí el lubricante por su grieta, untando su agujero

con mi pulgar, deslizándolo dentro de él. Suave al principio, lento y delicado. Luego más profundo y luego otro dedo, hasta que gimió.

—Paul, no estoy bromeando, joder.

Me reí.

No había cambiado ni un poco.

Seguía siendo un amante codicioso. Exigente, mandón.

Con una mano en su hombro, tiré de él para que su espalda quedara contra mi pecho, mi pene presionado contra su trasero. Jadeó, tratando de retroceder hacia mí. Sostuve sus caderas quietas.

—¿Estás seguro de que quieres que lo hagamos sin protección?

Habíamos tenido sexo sin condón mil veces. Pero eso fue antes.

Su pecho estaba agitado.

—Dijiste que no has estado con nadie.

—Sí, no he estado con nadie. No desde ti.

Él gimió.

—Entonces, sí. Fóllame. Córrete dentro de mí.

Mi polla latió con sus palabras y él sonrió, así que lo empujé hacia abajo, con la cara contra el colchón. Y luego presioné mi polla contra su entrada y me deslicé lentamente dentro de él.

Caliente y resbaladizo y tan jodidamente apretado.

—Mierda —suspiré.

Gimió, sus puños ahora arañando las sábanas.

—Oh, joder, sí.

Empujé hasta el fondo, hasta las bolas. Y me quedé allí, dejando que se acostumbrara. Trató de empujarse hacia atrás, trató de hacer que me moviera, así que, con mi mano en su cadera, me presioné en su interior. Más profundo y más duro para recordarle quién estaba a cargo. Gritó, quedándose quieto, respirando profunda y mesuradamente.

Después de unos momentos, cuando estaba completamente relajado, comenzó a gemir con cada respiración. Como solía hacerlo cuando estaba realmente listo para que me moviera.

Estábamos tan familiarizados, tan en sintonía.

Así que me retiré un poco y me deslicé de vuelta un par de veces, y su mano volvió a su polla.

—Oh, Dios, Paul. Esto es lo que necesitaba, tan desesperadamente.

Puse mi mano en la cama a la altura de su hombro y comencé a follarlo. Exactamente cómo sabía que le gustaba, cómo lo necesitaba.

Jadeó con el cambio de ángulo, su mano moviéndose rápido, sus caderas rodando, y yo estaba tan dentro de él. Estaba tan apretado, recibiéndome en su cuerpo como un guante de seda. Con la frente presionada contra la cama, arqueó la espalda.

—Paul, sí, ahí mismo, joder —gimió apretando su culo alrededor de mí polla mientras se corría.

Ordeñándome.

Empujé en su interior con fuerza, una, dos veces, mi polla dura como una roca e hinchada, la bobina de placer dentro de mí se tensaba más y más hasta que se rompió.

Mi pene latía y se derramaba profundamente dentro de él, y jadeó de nuevo, gimiendo mientras lo llenaba. La habitación dio vueltas, mi mundo se volvió blanco y borroso...

Nunca me había corrido tan intensamente.

Nunca me había sentido así. Como si todas mis heridas se curaran, el dolor de los últimos cinco años se fue. Me derrumbé encima de él, quedándome enterrado en su interior, tratando de recuperar el aliento, de darle sentido a lo que mi corazón estaba tratando de decirme.

Estaba en casa.

Él era mi hogar.

Se movió un poco, gimiendo cuando me quité de encima, pero rápidamente lo volví a abrazar.

—No te vayas demasiado lejos —murmuré en la parte posterior de su cabeza—. Aún no he terminado contigo.

Se rio entre dientes, suspirando satisfecho en mis brazos. Ambos dormitamos por un rato, el sueño se arremolinaba con pensamientos alegres y un corazón feliz.

En algún momento alrededor de las dos de la mañana, lo desperté con un rastro de besos somnolientos sobre su pecho. Lo hice girar sobre su espalda, me acurruqué entre sus piernas, le chupé los pezones y los rocé con la lengua hasta que me agarró del pelo y me rodeó con las piernas.

Esta vez, lo besé mientras empujaba adentro de él. Mi lengua en su boca con mi polla en su culo, sus piernas alrededor de mi cintura, nuestros dedos entrelazados. Cuanto más lento lo follaba, más alto levantaba sus piernas, luego sus brazos estaban alrededor de mi cuello, y encontramos nuestro ritmo, como siempre lo hacíamos.

Hacer el amor con Derek era tan fácil.

Tan correcto.

Sus ojos en la oscuridad, abiertos y vulnerables, suplicantes. Todo lo que pude hacer fue asentir y besarlo más profundamente, dándole lo que estaba pidiendo en silencio.

Gimió y gruñó, con la cabeza echada hacia atrás, el cuello tenso, y sus ojos se cerraron cuando golpeé ese punto mágico dentro de él. Se corrió con un grito silencioso, arañando mi espalda, y lo seguí en mi orgasmo.

Correrme en su interior, hacerlo mío de nuevo, era todo lo que necesitaba.

Cuando lo limpié, él apenas podía mantener los ojos abiertos, sonriente y algo incoherente, como si estuviera borracho de mí.

—Me siento como tuyo otra vez —murmuró.

Sonreí, mi corazón feliz de que sintiera lo mismo. Tiré la toallita hacia mi baño, envolví mis brazos a su alrededor y luego besé un lado de su cabeza.

—Porque lo eres.

Cerré los ojos, sabiendo que la mañana llegaría demasiado pronto.

Se suponía que solo tendría un día más aquí, un día más conmigo.

Necesitábamos cambiar eso.

Necesitábamos discutir nuestro futuro. Con él en mis brazos, todo parecía tan simple. Sin embargo, tenía que preguntarme qué traería la luz de la mañana.

Murmuró algo en mi pecho que no entendí del todo.

—Mm, ¿qué dijiste?

—No quiero volver —murmuró—. Quiero quedarme aquí contigo, para siempre.

Sonreí en la oscuridad, apretando mis brazos alrededor de él. Sonaba tan sencillo cuando lo decía así.

—Haces que suene tan simple —susurré, mi corazón latía con fuerza.

—Porque lo es. Ahora durmamos. Mañana será un día ocupado.

Me reí, frotando su espalda.

¿Podría realmente ser tan simple?

CAPÍTULO OCHO

DEREK

ME DESPERTÉ acalorado y sudoroso hasta que me di cuenta de que me estaba aferrando a Paul y que era la razón por la que estaba sudando antes de las seis de la mañana.

Me aparté de él y giré sobre mi espalda, ganándome un dolor agudo en el culo. Sonreí ante el familiar recordatorio de lo que habíamos hecho.

La luz del sol comenzaba a brillar fuera, el último día del viaje. Estaba emocionado, seguro. Pero más emocionado por mi plan, por mi futuro. Y hacía mucho tiempo que no me emocionaba nada.

Me levanté de la cama y me di una ducha rápida. Me encontré sonriendo cuando recordé la razón por la que mi trasero se sentía húmedo y resbaladizo. El recuerdo de Paul derramando su semilla en mí ardía en mi pecho, haciendo que todo mi cuerpo hormigueara.

No podía recordar sentirme tan vivo.

Cerré el grifo del agua y, mientras tomaba una toalla, Paul entró.

—Buenos días —dije, todavía sonriendo.

Entrecerró un ojo hacia mí, su cabello sobresalía de un lado.

—Mmm. Estás terriblemente alegre hoy.

—Tengo todas las razones para estarlo.

Paul frunció el ceño.

—Es tu último día —dijo.

Resoplé.

—No, no lo es. —Entonces miré hacia abajo a su cuerpo muy desnudo. Maldita sea, era tan sexi—. Vamos, date prisa y dúchate, o terminaré aquí contigo, yendo por la tercera ronda. Veré si puedo hacer el café.

Lo dejé, vistiéndome y saliendo a la cocina comunal. Tenía listas dos tazas cuando Paul se unió a mí, justo cuando salía el sol. Le entregué su taza.

—Entonces —comenzó mirándome con cautela—. ¿Quieres explicar el buen humor?

—Te lo dije anoche —dije bebiendo mi café—. Hoy no es mi último día. No me voy mañana. Es así de simple. —Luego me encogí de hombros—. Quiero decir, hay más que eso, y probablemente sea más complicado en los detalles, pero la conclusión es que no quiero irme. Quiero estar contigo. No solo vivir en Jabiru, como pensé que podría ser una posibilidad. —Jabiru era el pueblo más cercano. Tenía sentido, pero no estaba lo suficientemente cerca—. Sino aquí, contigo. En este campamento. Ayudándote.

Me miró.

—Ven, vamos a sentarnos aquí —dije caminando hacia las sillas que miraban hacia el valle de abajo.

Esperé a que se uniera a mí.

—¿Así que ese es tu plan? —preguntó.

Suspiré contento, sonriendo mientras tomaba un sorbo de mi café y contemplaba el glorioso amanecer.

—Sí.

—Hay solicitudes de permisos y algunas reglas bastante estrictas que se aplican para poder trabajar aquí —dijo—. No es un trámite sencillo. El mío tardó semanas en llegar. Hacen verificaciones de antecedentes…

—Estoy bien con todo eso.

—Necesitarán razones válidas, razones económicas. Mi negocio va bien, Derek, pero no sé si puede sostenernos a los dos.

—Tengo un plan de negocios —le dije—. Puedo realizar recorridos astronómicos adicionales. Puedes cobrar más. Puedo llevarlos hasta la cresta, o incluso aquí. No puedes decirme que a la gente no le gustaría esa actividad.

Abrió la boca, luego hizo una mueca pensativa.

—Um, tal vez… Tendría que pensarlo. Tendríamos que hacer números y presentar un plan comercial modificado con el permiso, y… —Se encogió de hombros y sus ojos se clavaron en los míos—. Podría funcionar.

Sonreí y me acomodé en el asiento, mirando a través de los humedales mientras salía el sol.

—Si puedo hacer esto durante el día —señalé delante de nosotros—. Y podemos pasar toda la noche juntos, entonces haremos que esto funcione.

Se rio y luego suspiró.

—Hablas en serio, ¿sí? ¿Quieres esta vida? Estamos en un lugar remoto. Hay gente nueva cada pocos días. Es agotador, está sujeto al clima, y he tenido algunos clientes que son, ¿cómo lo digo?

—Un dolor en el culo.

—Por decirlo suavemente.

—Lo digo en serio. Ya te lo dije antes, Paul. Lo que sea necesario. Mi lugar está aquí contigo. Anoche consolidó eso para mí. No puedo volver. Mi vida en Darwin sin ti me estaba matando. Me siento vivo aquí.

—¿Dijiste que habías pensado en vivir en Jabiru?

Asentí. Jabiru era un pequeño pueblo en Kakadu. Había casas, una gasolinera, un restaurante de comida rápida y poco más.

—Pensé que podría funcionar, y si rechazan mi solicitud para trabajar aquí contigo, entonces buscaré algo en Jabiru. Verte los fines de semana sería mejor que nada.

Los ojos de Paul se encontraron con los míos, cálidos y llenos de comprensión. Lo entendía ahora, lo serio que era.

—Mi lugar está contigo —dije en voz baja—. Cuando quitas toda la mierda, es realmente un poco simple. Lo que sea necesario.

Asintió.

—Haremos que funcione.

—Sí, lo haremos.

La puerta de Norah se abrió y Paul se levantó cuando ella se acercó.

—Bueno, esto se ve bien —dijo ella.

—Toma asiento —dijo Paul—. Comenzaré con el desayuno. ¿Quieres un café?

Luego, Marit y Kari se unieron a nosotros y, después del desayuno, cargamos el Cruiser y salimos. El último día era el más ajetreado, muchas caminatas, mucha carretera, pero era, con mucho, el mejor día del viaje.

Íbamos a las Jim Jim Falls y terminaríamos el recorrido con un crucero al atardecer por el río Amarillo.

Llegar a las cataratas fue un esfuerzo. Un buen viaje por la autopista, pero luego un viaje muy lento y lleno de baches por un camino de tierra y arena que terminaba en un estacionamiento. Desde allí cruzamos un río en un bote, luego caminamos hacia las cataratas.

Mundialmente famosas, asombrosas, antiguas e impresionantes. Valía la pena el esfuerzo.

Desde la base de las cataratas, caminamos unos buenos noventa minutos a través del desfiladero hasta los billabongs privados, que eran como piscinas de inmersión talladas en piedra antigua.

No era una caminata fácil, y pude ver que Paul vigilaba a Norah, pero ella era como una soldado. Estaba sudando y con la cara roja, resoplando y jadeando. Pero nunca se quejó ni una sola vez. Fue la primera en ponerse de pie cuando hicimos una pausa para tomar una bebida, y le encantó cada paso.

Nadó en el agua, fue protectora con Marit y Kari, y un poco conmigo, para ser honesto. Al principio fue un poco raro, pero en los últimos días realmente le había tomado cariño.

Le ofrecí mi mano cuando tuvo que saltar un largo escalón en el camino de regreso al Cruiser. La cual también le ofrecí a Kari y Marit, y luego, en broma, le ofrecí mi mano a Paul. Marit y Kari se rieron y, por la forma en que nos miraron a Paul y a mí, estaba seguro de que sabían que algo estaba pasando entre nosotros.

Me hizo preguntarme qué haríamos, más adelante, si

mi propuesta de negocios se hiciera realidad y realizáramos estos recorridos como pareja.

¿Seguiríamos compartiendo su cabaña?

¿Seríamos incluso una *pareja* cuando tuviéramos visitantes?

No podía tomar una carpa para mí solo, porque entonces estaríamos recortando la cantidad de clientes que podíamos manejar. Pero tal vez algunos clientes no querrían quedarse atrapados en medio de la nada con una pareja gay.

—¿Por qué estás callado? —preguntó Marit en el Cruiser de camino al crucero del Río Amarillo. Ya era tarde, había sido un día largo, y esas horas de sueño perdido ahora me estaban afectando. Además, mi mente repasaba cientos de escenarios—. Te ves preocupado.

No me perdí el destello de los ojos de Paul en el espejo retrovisor.

—No estoy preocupado —le dije, ofreciéndole una sonrisa que no se sentía del todo bien.

—No quieres irte mañana —dijo—. Nosotras tampoco queremos irnos. Pero volaremos desde Darwin mañana por la noche.

—No me iré mañana —dije probando las palabras. Se sintió bien. Todos los ojos se volvieron hacia mí, incluido los de Paul en el retrovisor—. Tengo unos días extra. Parte de un nuevo recorrido de observación de estrellas que Paul va a probar.

—Oh, ¿con tu telescopio? —preguntó Marit emocionada—. Oh, es increíble.

—¿Es nuevo? —preguntó Norah—. Me hubiera gustado haber disfrutado la experiencia.

Le sonreí a Paul en su reflejo.

—Sí, es nuevo. Aún en fase de prueba. Pero todos disfrutamos de la observación de estrellas que hicimos.

Todas estuvieron de acuerdo con asentimientos entusiastas.

—Mucho —dijo Kari.

Probablemente era una tontería, siendo una especie de grupo de prueba muy pequeño. Pero me animó pensar que mi plan realmente podría funcionar. La esperanza que se sembró en mi pecho se estaba convirtiendo en algo más parecido a la determinación. La gente vendría desde todas partes para ver las estrellas desde Kakadu. Mi plan podría funcionar.

¿Sería fácil? No.

¿Tendríamos que averiguar cómo viviríamos, trabajaríamos y conviviríamos como pareja? Seguro.

Pero *era* posible.

EL CRUCERO al atardecer fue mágico. Pájaros, cocodrilos, incluso caballos salvajes, y una puesta de sol como solo Kakadu podía ofrecer, fueron un final excelente para un pequeño gran recorrido.

Fue el final perfecto para cuatro días perfectos.

Cuatro días que corrigieron errores y me devolvieron la vida.

Cuando regresamos al campamento, casi lamenté que no hubiera una tormenta nocturna que nos obligara a refugiarnos en nuestras tiendas. Mientras que una parte de mí estaba desanimada porque no tenía a Paul a solas, la otra parte estaba feliz de sentarse en las sillas de campamento y hablar.

Marit y Kari volaban de regreso a Noruega y Norah tenía dos días en Darwin antes de regresar a Sídney.

—Entonces, ¿cuándo vuelves a Darwin? —me preguntó—. ¿Cuánto dura tu actividad de mirar las estrellas?

—No es seguro en este punto —dije vagamente—. Espero que sea algo permanente.

—Sería una experiencia increíble —dijo Norah—. Me siento muy privilegiada de ver lo que me mostraste. No muchas otras personas pueden decir que vieron a Saturno desde Kakadu.

Me hizo feliz escucharla decir eso.

—¿Debería sacar mi telescopio?

—Oh, sí, por favor —dijo. Marit y Kari también estuvieron de acuerdo.

Así que pasamos una hora o dos mirando hacia el cielo. Les mostré constelaciones y planetas. La forma en que Paul me sonrió me hizo sentir orgulloso.

Y cuando ya era tarde y nadie podía contener los bostezos, nos despedimos con unos buenas noches. Entré directamente en la cabaña de Paul, me quité los zapatos, me quité la camisa y caí sobre la cama.

Había sido un día largo.

—Estoy cansado —murmuré cuando entró Paul.

Se quitó las botas y suspiró mientras gateaba sobre la cama, sobre mi cuerpo. Besó mi estómago.

—Estuviste genial hoy —dijo besando un camino lento hasta mi pecho—. Podría acostumbrarme a tenerte aquí, ayudándome.

Pasé mis dedos por su cabello corto y levanté su cabeza para que me mirara.

—Tendrás que acostumbrarte. Porque no me voy.

—Tendrás que volver en algún momento —dijo—. Para recoger tus cosas, para ultimar trámites, tu apartamento.

—Pero no por mucho. Unos días, como máximo. —Suspiré—. Estaba pensando hoy... ¿Cómo funcionará? ¿Cómo seremos nosotros y administraremos tu negocio? ¿Tus clientes sabrán que estamos juntos? ¿Te boicotearán por eso? Paul, no quiero poner en peligro aquello por lo que has trabajado tan duro.

Sus ojos se encontraron con los míos.

—¿A dónde se fue tu confianza? ¿Esa línea inflexible de "No me iré" que dijiste hace medio minuto?

—No me estoy yendo... no quiero irme. Pero esta es una cuestión de realidad. Es una pregunta de "cómo avanzamos".

Él sonrió.

—Lo solucionaremos. Nunca he ocultado quién soy, y no espero empezar ahora. Simplemente podemos decirle a la gente que esta cabaña tiene dos camas individuales.

—Pero no es así.

—Ellos no saben eso. —Besó mis labios—. Pero me gusta que estés pensando en estas cosas. Estás pensando en la realidad.

—Lo estoy intentando. No siempre lo haré bien, Paul. Pero lo estoy intentando.

—Sé que lo intentas. —Besó mi esternón, luego besó el tatuaje sobre mi corazón. Lo miró fijamente, luego nos hizo rodar sobre nuestros costados, me recogió en sus brazos y me apartó el pelo de la frente. Buscó mis ojos y pasó su dedo por mis labios, barbilla, mi pecho y de regreso al tatuaje—. Dijiste que esta nebulosa es como tú. Porque diezma todo a su paso.

Sabía que él mencionaría eso eventualmente. Realmente no quería hablar de ello, pero si iba a aprender a ser honesto con él, empezaba ahora.

—Así es como me sentí cuando te fuiste —admití—. Que tomé tu amor y lo diezmé. Había arruinado todo lo bueno en mi vida. Todo lo que era puro y valía algo. Hasta que no quedó nada, solo un enorme agujero negro.

Él sonrió con tristeza.

—No, esta nebulosa es como tú porque está formada por un millón de hermosas partes en movimiento que buscan la paz.

Oh, Dios.

—Buscas el cielo todas las noches en busca de paz, pero, Derek, no está ahí arriba. Está justo aquí —dijo presionando su palma sobre mi corazón—. La paz que necesitas buscar está aquí.

Asentí, porque sabía que eso era cierto. Simplemente dolía.

—Mi paz comienza aquí, contigo.

Sonrió, cansado y con los párpados pesados. Me besó, suave y cálidamente.

—Demasiado cansado para levantarme —murmuró.

Lavarse la cara y cepillarse los dientes podía esperar. Lo acerqué más y apoyé la barbilla en un lado de su cara y sonreí en la oscuridad.

Mi paz comenzaba aquí.

Mi paz ya había comenzado.

EPÍLOGO

PAUL

DIECIOCHO MESES DESPUÉS

SALTÉ DEL CRUISER, le entregué una caja de suministros a Derek, cogí la otra y nos dirigimos a la cocina común.

—Está en camino ahora —dije sobre el sonido del viento.

—Él está loco —dijo Derek, mirando la tormenta a punto de azotar—. Esta va a ser tremenda.

Asentí.

—Seguro que sí. —El aire ya estaba cargado, los truenos resonaban en lo alto y los relámpagos iluminaban el cielo demasiado oscuro de la tarde—. ¿Hiciste los amarres?

—Sí. Está tan segura como puede estarlo. —Derek estaba apilando los suministros en la nevera y los armarios

—. La tienda dos se atascó un poco. Pensé que tendría que esperarte, pero lo logré.

Cuando azotaban tormentas como esta, necesitábamos asegurarnos de que todo nuestro campamento estuviera cerrado y seguro. No podíamos permitirnos tiendas de campaña dañadas o, peor aún, que alguien resultara herido.

Tener a Derek aquí fue un regalo del cielo. Al principio, me preocupaba cómo funcionaría todo, con el dinero y la puesta en marcha de sus recorridos de observación de estrellas, pero había sido increíble. Y nunca dejaba de trabajar. Estaba cortando el césped, podando los árboles alrededor del campamento, haciendo que todo fuera más amigable para el cliente sin perder nada del encanto natural. Aprendió por sí mismo a coser parches de lona en los toldos ecológicos de las tiendas, cocinaba, limpiaba. Hacía que mis recorridos fueran más fluidos, tomando la mitad de mi carga de trabajo sin quejarse. Y una vez al mes organizaba sus propios recorridos astronómicos nocturnos. Que eran reservas muy demandadas. Estábamos considerando tal vez introducir más a lo largo del año.

No había ido todo viento en popa. Habíamos tenido algunos problemas de adaptación y algunas discusiones, pero sobre todo había sido la mejor decisión personal y profesional que jamás hubiera tomado.

Pero él mismo, el Derek que solía conocer, el Derek malhumorado y melancólico, el Derek que a veces dejaba entrar la oscuridad, se había ido. Claro, todavía estaba un poco malhumorado a veces, pero sacarlo de su antigua vida, donde su pasado estaba solo un paso detrás, había sido bueno para él.

Estar al aire libre era bueno para él.

Estar rodeado por este paisaje remoto y agreste era bueno para él.

Poder mirar y estudiar las estrellas cuando quisiera era bueno para él.

Estar aquí conmigo era bueno para él.

Él era bueno para mí también.

Con lo último de los suministros guardados, tomé su rostro entre mis manos y lo besé.

—¿Y esto? —preguntó con una sonrisa.

—Gracias —dije—. Por estar aquí. Por ser genial. Te amo.

Él sonrió, su largo cabello despeinado por el viento.

—Yo también te amo.

—¿Sabes qué debemos hacer? —pregunté. El viento se detuvo como si nos estuviera escuchando y quisiera escuchar mi respuesta. Pero luego cayó la lluvia, gotas gordas y pesadas en un diluvio. Un trueno retumbó justo encima de nosotros.

Ambos nos agachamos por instinto y nos reímos.

—¡Mierda! —gritó por encima del rugido de la tormenta—. ¿Qué debemos hacer?

Inclinándome, todavía tenía que gritar para que pudiera oírme.

—Deberíamos follar toda la tarde.

Me miró con los ojos muy abiertos y se rio.

—Ah, ¿en serio?

Asentí y señalé las tiendas vacías.

—Hoy no hay visitantes.

En ese momento, el viejo Jeep se detuvo.

—¿Qué estabas diciendo? —preguntó Derek.

Lo deseché.

—Tully no cuenta.

—Estoy bastante seguro de que cuenta.

Tully Larson era el cazador de tormentas que usaba nuestro campamento como base de forma intermitente durante el apogeo de la temporada de tormentas eléctricas. Tenía otro campamento más arriba, hacia la costa, todavía en Kakadu, pero el acceso era difícil durante la temporada de lluvias. Llegaría aquí, saludaría, tal vez se quedaría una noche o dos para esperar la tormenta perfecta, luego desaparecería en el desierto durante días y días.

Solo que esta vez, traía a alguien.

Al parecer, su invitado era un meteorólogo de Melbourne. Un fulminólogo, para ser exactos. Si es que alguna vez has oído hablar de algo así. Un fulminólogo es alguien que estudia los rayos.

Tully corrió hacia el área de la cocina común, imperturbable por la lluvia, con una amplia sonrisa. Su cabello rubio y desgreñado se pegaba a su cabeza, su camisa se pegaba a su pecho, pero no parecía importarle. Era un cazador de tormentas después de todo. La lluvia no era nada para él.

—Buenos días, chicos —dijo estrechando mi mano, luego la de Derek—. Muy bueno verlos de nuevo.

Entonces apareció otro hombre, igual de mojado, pero claramente más molesto. Goteaba agua de su pelo corto y oscuro, tenía impresionantes ojos azul oscuro y el ceño fruncido. También vestía pantalones cortos apropiados y una camisa de botones y botas; su atuendo gritaba científico en una excursión, pero al menos usaba botas.

Dios, tenía los ojos más azules que jamás había visto.

—Este es Jeremiah —dijo Tully—. Jeremiah, estos son Paul y Derek. Dirigen este lugar. Y viven aquí.

—¿Vivís aquí? —preguntó Jeremiah. Aturdido. Horrorizado—. ¿Tan aislados?

Me reí y señalé la pared de agua que era lluvia a solo unos metros de distancia.

—La mejor dirección del planeta. Pero —señalé nuestra cabaña—, más específicamente, ese es nuestro hogar justo allí. Tully estará pendiente de ti esta noche, pero si hay una emergencia, ven a buscarnos.

Luego le di una palmada en el hombro a Tully.

—Los puse en la tienda uno. La nevera está llena. Tú sabes dónde está todo. Estaremos ocupados durante unas horas. Si nos necesitas para algo, no nos necesitas para nada. —Guiñé un ojo—. Si sabes a lo que me refiero.

Él sonrió.

—Alto y claro.

Derek y yo hicimos una carrera rápida hacia nuestra cabaña. Cerró la puerta y agarré una toalla para cada uno antes de quitarnos la ropa mojada.

—No puedo creer que le hayas dicho eso —dijo Derek. Me reí.

—¿Recuerdas cuando pensaste que el chico de la tormenta y yo teníamos algo?

Derek puso los ojos en blanco mientras se secaba.

—Eso fue antes de conocerlo. Es lindo, al estilo de Patrick Swayze de *Le Llaman Bodhi*, pero no es tu tipo. Ahora lo sé.

—¿Ah, de verdad? ¿Cuál es mi tipo?

Arrojó su toalla sobre la cama, deteniéndose frente a mí completamente desnudo.

—Yo. Tu tipo soy yo.

—Sí lo eres. —Le di algunas caricias mientras besaba su cuello, luego capturé su boca con la mía—. Ahora, métete a la cama.

El trueno retumbó en lo alto y los relámpagos iluminaron el cielo fuera. El aire entre nosotros crepitó, cargado de energía. Derek sonrió e hizo lo que le dije. Mientras la tormenta de verano causaba estragos en el exterior, hicimos el amor lentamente, una y otra vez. Calientes y sudorosos, nuestros cuerpos se unieron de la manera más íntima, de la forma en que nuestros corazones ya lo habían hecho.

Como uno, y para siempre.

SOBRE LA AUTORA

N.R. Walker es una autora australiana a la que le encanta
su género, el romance gay.
Le encanta escribir y pasa demasiado tiempo haciéndolo,
pero no lo haría de otra manera.
Es muchas cosas: madre, esposa, hermana, escritora. Tiene
chicos muy, muy guapos que viven en su cabeza, que no la
dejan dormir por la noche si no les da vida con palabras.
A ella le gusta cuando hacen cosas sucias, muy sucias...
pero le gusta aún más cuando se enamoran.
Solía pensar que tener gente en su cabeza hablándole era
raro, hasta que un día se encontró con otros escritores que
le dijeron que era normal.
Ha estado escribiendo desde entonces...

nrwalker.net

TAMBIÉN DE N. R. WALKER

ESPAÑOL

Sesenta y Cinco Horas *(Sixty Five Hours)*

Los Doce Diaz de Navidad

Código Rojo *(Atrous Series 1)*

Código Azul *(Atrous Series 2)*

Queridísimo Milton James *(Dearest Milton James 1)*

Queridísimo Malachi Keogh *(Dearest Milton James 2)*

El Peso de Todo (*The Weight Of It All*)

Una Navidad Muy Henry

Tres Muérdagos en Raya *(Hartbridge Christmas Series #1)*

Lista de Deseos Navideños: *(Hartbridge Christmas Series #2)*

Feliz Navidad Cupido: *(Hartbridge Christmas Series #3)*

Spencer Cohen, Libro Uno

Spencer Cohen, Libros Dos

Spencer Cohen, Libros Tres

La Historia de Yanni

La Cometa

Davo

Hasta la Luna y de Vuelta

TÍTULOS EN INGLÉS

Blind Faith

Through These Eyes (Blind Faith #2)

Blindside: Mark's Story (Blind Faith #3)

Ten in the Bin

Gay Sex Club Stories 1

Gay Sex Club Stories 2

Point of No Return – Turning Point #1

Breaking Point – Turning Point #2

Starting Point – Turning Point #3

Element of Retrofit – Thomas Elkin Series #1

Clarity of Lines – Thomas Elkin Series #2

Sense of Place – Thomas Elkin Series #3

Taxes and TARDIS

Three's Company

Red Dirt Heart

Red Dirt Heart 2

Red Dirt Heart 3

Red Dirt Heart 4

Red Dirt Christmas

Cronin's Key

Cronin's Key II

Cronin's Key III

Cronin's Key IV - Kennard's Story

Exchange of Hearts

The Spencer Cohen Series, Book One

The Spencer Cohen Series, Book Two

The Spencer Cohen Series, Book Three

The Spencer Cohen Series, Yanni's Story

Blood & Milk

The Weight Of It All

A Very Henry Christmas (The Weight of It All 1.5)

Perfect Catch

Switched

Imago

Imagines

Imagoes

Red Dirt Heart Imago

On Davis Row

Finders Keepers

Evolved

Galaxies and Oceans

Private Charter

Nova Praetorian

A Soldier's Wish

Upside Down

The Hate You Drink

Sir

Tallowwood

Reindeer Games

The Dichotomy of Angels

Throwing Hearts

Pieces of You - Missing Pieces #1

Pieces of Me - Missing Pieces #2

Pieces of Us - Missing Pieces #3

Lacuna

Tic-Tac-Mistletoe - Hartbridge Christmas Series #1

Christmas Wish List - Hartbridge Christmas Series #2

Merry Christmas Cupid - Hartbridge Christmas Series #3

Bossy

Dearest Milton James

Dearest Malachi Keogh

Code Red - Atrous Series #1

Code Blue - Atrous Series #2

Davo

The Kite

Learning Curve

Merry Christmas Cupid

To the Moon and Back

TÍTULOS EN AUDIO

Cronin's Key

Cronin's Key II

Cronin's Key III

Red Dirt Heart

Red Dirt Heart 2

Red Dirt Heart 3

Red Dirt Heart 4

The Weight Of It All

Switched

Point of No Return

Breaking Point

Starting Point

Spencer Cohen Book One

Spencer Cohen Book Two

Spencer Cohen Book Three

Yanni's Story

On Davis Row

Evolved

Elements of Retrofit

Clarity of Lines

Sense of Place

Blind Faith

Through These Eyes

Blindside

Finders Keepers

Galaxies and Oceans

Nova Praetorian

Upside Down

Sir

Tallowwood

Imago

Throwing Hearts

Sixty Five Hours

Taxes and TARDIS

The Dichotomy of Angels

The Hate You Drink

Pieces of You

Pieces of Me

Pieces of Us

Tic-Tac-Mistletoe

Lacuna

Bossy

Code Red

Learning to Feel

Dearest Milton James

Dearest Malachi Keogh

Three's Company

Christmas Wish List

The Kite

Davo

Learning Curve

Merry Christmas Cupid

To the Moon and Back

LECTURAS GRATUITAS:

Sixty Five Hours

Learning to Feel

His Grandfather's Watch (And The Story of Billy and Hale)

The Twelfth of Never (Blind Faith 3.5)

Twelve Days of Christmas (Sixty Five Hours Christmas)

Best of Both Worlds

OTRAS TRADUCCIONES

Italiano

Fiducia Cieca (Blind Faith)

Attraverso Questi Occhi (Through These Eyes)

Preso alla Sprovvista (Blindside)

Il giorno del Mai (Blind Faith 3.5)

Cuore di Terra Rossa Serie (Red Dirt Heart Series)

Natale di terra rossa (Red dirt Christmas)

Intervento di Retrofit (Elements of Retrofit)

A Chiare Linee (Clarity of Lines)

Senso D'appartenenza (Sense of Place)

Spencer Cohen Serie (including Yanni's Story)

Punto di non Ritorno (Point of No Return)

Punto di Rottura (Breaking Point)

Punto di Partenza (Starting Point)

Imago (Imago)

Il desiderio di un soldato (A Soldier's Wish)

Scambiato (Switched)

Tallowwood

The Hate You Drink

Ho trovato te (Finders Keepers)

Cuori d'argilla (Throwing Hearts)

Galassie e Oceani (Galaxies and Oceans)

Il peso di tut (The Weight of it All)

Francés

Confiance Aveugle (Blind Faith)

A travers ces yeux: Confiance Aveugle 2 (Through These Eyes)

Aveugle: Confiance Aveugle 3 (Blindside)

À Jamais (Blind Faith 3.5)

Cronin's Key Series

Au Coeur de Sutton Station (Red Dirt Heart)

Partir ou rester (Red Dirt Heart 2)

Faire Face (Red Dirt Heart 3)

Trouver sa Place (Red Dirt Heart 4)

Le Poids de Sentiments (The Weight of It All)

Un Noël à la sauce Henry (A Very Henry Christmas)

Une vie à Refaire (Switched)

Evolution (Evolved)

Galaxies et Océans (Galaxies and Oceans)

Qui Trouve, Garde (Finders Keepers)

Sens Dessus Dessous (Upside Down)

La Haine au Fond du Verre (The hate You Drink)

Tallowwood

Spencer Cohen Series

Alemán

Flammende Erde (Red Dirt Heart)

Lodernde Erde (Red Dirt Heart 2)

Sengende Erde (Red Dirt Heart 3)

Ungezähmte Erde (Red Dirt Heart 4)

Vier Pfoten und ein bisschen Zufall (Finders Keepers)

Ein Kleines bisschen Versuchung (The Weight of It All)

Ein Kleines Bisschen Fur Immer (A Very Henry Christmas)

Weil Leibe uns immer Bliebt (Switched)

Drei Herzen eine Leibe (Three's Company)

Über uns die Sterne, zwischen uns die Liebe (Galaxies and Oceans)

Unnahbares Herz (Blind Faith 1)

Sehendes Herz (Blind Faith 2)

Hoffnungsvolles Herz (Blind Faith 3)

Verträumtes Herz (Blind Faith 3.5)

Thomas Elkin: Verlangen in neuem Design

Thomas Elkin: Leidenschaft in Klaren Linien

Thomas Elkin: Vertrauen in bester Lage

Traummann töpfern leicht gemacht (Throwing Hearts)

Sir

Tailandés

Sixty Five Hours (Traducción al Tailandés)

Finders Keepers (Traducción al Tailandés)

Chino

Blind Faith (Traducción al Chino)

Japonés

Bossy

Gracias por leer

9 781925 886863